MARIE CARDINAL

LA SOURICIÈRE

D1393457

Les structures et le vocabulaire de ce livre sont fondés sur
une comparaison des ouvrages suivants :
Börje Schlyter : Centrala Ordförrådet i Franskan
Albert Raasch : Das VHS-Zertifikat für Französisch
Etudes Françaises – Echanges
Sten-Gunnar Hellström, Sven G. Johansson : On parle français
Ulla Brodow, Thérèse Durand : On y va

Rédacteur de serie : Ulla Malmmose

Rédacteur : Hanne Blaaberg
Illustrations : Oskar Jørgensen

Édition intégrale non simplifiée

© 1983 par ASCHEHOUG/ALINEA
ISBN Danemark 87-23-90458-5
www.easyreader.dk

Easy Readers EGMONT

Imprimé au Danemark par
Sangill Grafisk Produktion, Holme Olstrup

MARIE CARDINAL

est née le 9 marts 1929 à Alger. Mariée, trois
enfants. A fait des études universitaires et a
été professeur de philosophie à l'étranger
pendant sept ans. A écrit plusieurs romans
dont quelques-uns ont connu un immense
succès, par exemple «La clé sur la porte»
(1972), «Les mots pour le dire» (1975) et
«Autrement dit» (1977).

Los Angeles, le 3 juin 1965.

Chère amie,

J'apprends par une lettre de Claude que vous *publierez* bientôt (sous quel titre?) l'histoire d'Anne et, en conséquence, les histoires d'Anne avec moi. Claude me dit que vous avez changé le nom d'Anne en celui de Camille, mais que vous avez conservé mon prénom. Je n'y vois pas d'*inconvénient,* et sans doute je ne retrouverai dans votre livre ni Anne, ni la *Provence,* ni les années de Paris, ni moi-même, tels qu'ils ont été pour moi et qui changent chaque jour dans ma pensée.

Je n'ai guère eu l'occasion de vous connaître, mais je sais que, pendant mon premier séjour aux Etats-Unis, vous avez vu Anne assez régulièrement, puisque vous travailliez dans le même bureau. Vous m'apporterez, peut-être, un élément qui me manque... Mais l'histoire d'Anne telle que vous la raconterez sera-t-elle fidèle à ce qu'Anne elle-même aura pu vous dire?

Et où est la vérité des choses et des gens? Et si cette vérité pouvait être *révélée* de façon indiscutable, à quoi servirait-elle, puisque la représentation que chacun peut s'en faire change selon les lieux, le temps, l'humeur?

J'attends votre livre. Merci.

François.

---

publier, faire paraître sous forme de livre
un inconvénient, empêchement
la Provence, région du sud de la France, du Midi
révéler, faire connaître

Paris, le 10 juin 1965.

Cher ami,

Votre lettre m'a effrayée : ai-je le droit de publier l'histoire d'Anne ? En effet, je ne connais qu'Anne, je ne vous connais que par elle (est-ce pour cette raison que je n'ai pu changer votre prénom ?) et comme c'est de votre couple qu'il s'agira pendant tout le livre, comment puis-je en parler sans connaître les deux acteurs ?

Voici ma position : j'ai été passionnée par ce que j'ai appris de la bouche d'Anne et c'est cela que j'ai rapporté. Elle m'a parlé de ce qui la touchait le plus, de ce qu'elle gardait dans sa mémoire. Evidemment, elle ne m'a pas raconté sa vie jour après jour, elle ne m'a donné que ce qui lui paraissait important. J'ai *interprété* ces récits. Il y a des *blancs* et c'est peut-être dans ces blancs que se situe votre vie à vous. C'est de Camille (ou d'Anne) que je me suis occupée, pas de vous.

Pourquoi publier cette histoire incomplète ? Parce qu'elle est le *reflet* exact d'une femme, de son expérience. Vous pouvez dire que cette histoire est fausse, qu'il y a des périodes inexpliquées dans mon livre. C'est votre point de vue, mais je vous assure que pour Camille et pour moi l'histoire que je raconte est vraie.

Peut-être ce livre vous fera-t-il mieux comprendre Anne et vous-même.

---

interpréter, expliquer; donner un sens à
un blanc, ici: vide
un reflet, image; représentation

En écrivant ce livre, je n'ai jamais pensé à la réaction que vous aurez en le lisant. J'affirme que l'histoire que je raconte est la véritable histoire d'Anne. C'est tout.

Veuillez croire à ma meilleure pensée.

Marie.

I

Le soleil couchant répandait une lumière jaune sur les champs de vignes et les *collines* couvertes de *pins*.

Sur la terrasse de la maison, Camille prenait son thé. Elle regardait ce paysage, qu'elle connaissait si bien.

Sa mère, assise près d'elle, était une *Provençale,* à la large poitrine, aux yeux vifs et bons.

– Tu as changé depuis cet hiver, ma fille, tu n'es plus aussi gaie qu'avant.

– C'est vrai. J'attends quelque chose, mais je ne sais pas quoi.

– Tu vas avoir dix-huit ans.

– Irons-nous à Avignon cet hiver?

– Non, nous n'irons pas. Mais toi, tu peux y aller pour poursuivre tes études.

– Je ne saurais pas vivre sans vous. Peut-être que *cela me manque* de ne plus faire la classe aux petits. Jean travaille bien. Quand il aura dix ans, il faudra le mettre au lycée d'Avignon.

– Tu as bien passé ton baccalauréat avec les cours par correspondance. Pourquoi pas lui?

– C'est un garçon, il doit sortir d'ici.

– Tu as raison, ma grande fille.

Les deux femmes s'étaient levées. La mère entourait de son bras la taille de sa fille : c'était l'heure de la promenade. Les deux femmes marchaient lentement, elles s'arrêtaient parfois pour sentir une fleur, relever

---

une colline, un pin, voir illustration pages 10 et 11
une Provençale, femme de la Provence
cela me manque, ici: je regrette

une branche lourde, ou simplement pour regarder le paysage.

Les enfants étaient dans la *garrigue*, et en voyant

---

une garrigue, terrain sec, couvert de *broussailles*

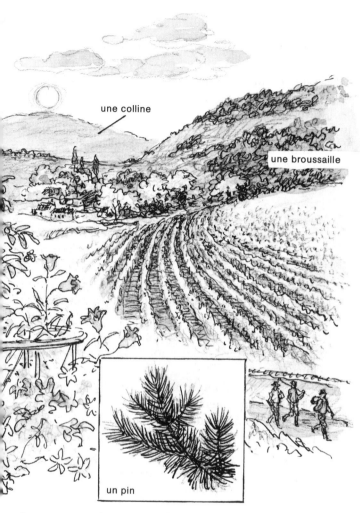

une colline

une broussaille

un pin

leur mère et leur sœur ils se sont mis à crier.

Ils parlaient de la *cabane* qu'ils construisaient depuis des mois et qui s'appuyait sur des arbres.

---

une cabane, petite maison

– Camille! tu peux monter, viens, on voit toute la vallée.

En effet, de là-haut, la vue était belle. Il y a un an seulement, elle s'amusait avec les enfants. Elle était lourde maintenant, tout à coup.

Ils se sont mis en marche, car c'était l'heure de dîner. Quand elle avait, ainsi, une petite main glissée dans chacune des siennes, elle se sentait heureuse. Aurait-elle des enfants? Cette pensée la gênait.

Après le dîner, et une fois les petits couchés, Camille et sa mère sont retournées sur la terrasse. Les deux femmes parlaient d'études, de réparations à faire dans la maison.

– Sais-tu que les Dubreuil viendront passer tout l'été? Ils ont écrit à Maria pour lui demander d'ouvrir leur maison. Il y a longtemps que nous ne les avons pas vus. Leur fils les accompagnera. Te rappelles-tu quand il venait vous faire jouer? Ton père l'aimait beaucoup.

– Oui, je me rappelle, il était très bon.

La nuit s'était bien installée.

– C'est l'heure d'aller se coucher, ma fille.

Elles ont soufflé la lampe à pétrole et se sont séparées.

Camille avait fait installer une douche dans son cabinet de toilette. Elle aimait bien, la nuit venue, se mettre nue sous cette pluie qui ne tombait que pour elle. Ses nuits étaient mauvaises, elle se tournait, se retournait dans son lit, elle avait trop chaud, elle se levait.

L'air frais du matin la faisait dormir.

Les jours passaient calmement dans la tendresse d'une famille *unie*.

Un jour, à l'heure du thé, Camille s'est mise à pleurer.

– Ma fille, ma Camille, pourquoi pleures-tu?

– Je ne sais pas. Ne t'inquiète pas, maman, ce n'est rien.

– Je vais faire venir le médecin.

– Mais non, je t'assure que je n'ai rien.

– Confie-toi à moi, ma toute petite.

– Je n'ai rien à te confier, je ne te cache rien.

– Alors, c'est l'*adolescence,* c'est un moment à passer.

Mme Chaumont a regardé sa fille avec tendresse et l'a *caressée* comme on caresse un bébé. Camille a laissé aller sa tête sur la bonne poitrine de sa mère et a pleuré encore plus.

Un soir, en rentrant de la garrigue avec les petits, Camille avait trouvé Mme Chaumont qui venait à leur rencontre.

– Demain ils n'iront pas à la cabane. Les Dubreuil viennent passer l'après-midi et je ne veux pas que les enfants ressemblent à des sauvages.

– Maman, laisse-les aller, ils ne s'amuseront pas avec nous et ils nous gêneront.

– Nous verrons. De toute manière, ils ne partiront qu'après avoir dit bonjour.

---

uni, qui forme un tout
l'adolescence, âge entre 12 et 18 ans environ
caresser, toucher avec tendresse

des dentelles   de l'argenterie

A deux heures, tout était prêt : la jolie nappe de *dentelle*, l'*argenterie* brillante et l'odeur de pâtisserie qui venait de la cuisine.

On entend le bruit d'un moteur en haut de la côte et bientôt on aperçoit l'auto qui roule lentement dans l'entrée. Les Dubreuil sont là : les parents et le fils. Mme Chaumont pousse de petits cris.

– Je ne m'attendais pas à voir François! Comme c'est gentil à lui d'être venu.

– Mais c'est un plaisir pour moi, Madame, de vous retrouver tous.

– Voilà Jean! Vous devez le trouver bien grandi.

– En effet, ce n'était qu'un bébé.

– Et reconnaissez-vous Camille?

– Mon Dieu, mais c'est une jeune fille!

Tous rient, heureux, même Camille, qui est toute rouge.

– Et Alice et Madeleine.

– Quelle belle famille!

Tout le monde s'installe sur la terrasse.

– Vous vous êtes dérangées, ce n'est pas bien.

– Mais pas du tout, nous sommes si contentes d'avoir des visiteurs. Cela ne nous arrive jamais.

– Que votre vue est belle! J'avais oublié la beauté de l'endroit. Quelle chance vous avez de vivre là toute l'année! Paris, vous savez … C'est bien, mais c'est vraiment autre chose.

François Dubreuil n'était ni grand ni petit, ni gros ni maigre. On ne faisait attention qu'à ses yeux calmes et clairs. Il aimait l'étude et y avait consacré toute sa vie. Il enseignait les *lettres* dans un lycée de la banlieue parisienne. Un jour, il serait professeur dans une université.

– Mais où passiez-vous vos vacances? lui a demandé Mme Chaumont. On ne vous voyait plus depuis des années.

– J'allais à l'étranger. J'ai beaucoup voyagé.

---

les lettres, ici: le français, le latin et le grec

François s'est mis à parler de l'Afrique et du Moyen-Orient. Camille a versé le thé.

On était au plus chaud des vacances. Tous les matins, François Dubreuil venait chercher les enfants Chaumont et les conduisait à la plage. Camille emportait un grand panier à provisions. On rangeait la voiture à l'ombre d'une petite forêt de pins. Il n'y avait plus qu'à traverser les *dunes* pour découvrir la plage puis la mer.

Camille et François faisaient nager les petits. Ils construisaient pour eux de grands châteaux de sable.

Vers deux heures, on remontait à la voiture pour le déjeuner. Camille étendait une grande nappe claire sur les aiguilles de pin et disposait ensuite les assiettes, les œufs durs...

Après le repas, Camille rangeait tout, François prenait un livre, Jean se couchait sur le siège arrière de l'auto, les filles s'endormaient à l'ombre d'un pin.

Quand tout était en ordre et que les enfants dormaient, Camille et François parlaient. Au début Camille était *intimidée :* François avait trente-trois ans et il était professeur. Elle le trouvait bon et simple. Elle aimait ce moment, et un jour elle s'est rendu compte qu'elle ne pourrait plus *se passer de* la présence de François.

François avait respecté, admiré et même aimé M. Chaumont. Dans cette campagne pleine du souvenir de son maître, il ne pouvait s'empêcher de *rôder* près

---

intimidé, gêné
se passer de, vivre sans
rôder, ici: traîner

un dune

un maillot de bain   un sein

de chez lui. Pour trouver quoi? Peut-être la *sagesse* et la force de cet homme.

Très rapidement, il s'est rendu compte que Camille n'était plus une petite fille. Elle comprenait vite et bien, elle savait écouter.

Camille portait un vieux *maillot de bain* qui n'avait pas de formes. Un jour qu'elle parlait à François des études qu'elle aimerait faire, elle s'est glissée à plat ventre sur le sable pour se rapprocher de lui. Sans s'en rendre compte, elle a tiré sur le vieux tissu qui a découvert presque complètement deux gros *seins* ronds et durs. François en a été troublé; sa première

---

la sagesse, ici: bon sens

réaction a été d'avertir Camille de ce désordre, mais il n'a pas osé le faire. *Dorénavant,* il la regardait différemment.

François avait connu des filles, des femmes. Il les aimait bien, mais il n'avait pas le temps de s'en occuper.

Les seins de Camille l'avaient troublé. C'était normal. Depuis ce jour il avait envie d'elle. Cela aussi était normal; ce qui ne l'était plus, c'était la peur que Camille lui inspirait maintenant : la peur de la *décevoir,* peur de profiter d'une situation facile, peur de sa jeunesse. Un jour il pensait : Camille est amoureuse de moi. Le lendemain il se disait qu'il n'y avait aucune raison pour qu'elle le soit.

Les semaines se sont passées et bientôt c'était la fin de l'été. François a pris une décision : Je vais lui parler.

Ce jour-là, après le déjeuner, il a décidé de l'emmener faire une promenade dans la petite forêt de pins où ils prenaient leur repas. Quand ils étaient assez éloignés, il a pris la main de Camille.

A l'instant où François a pris sa main, Camille a baissé le visage. Elle avait peur que son amour se voie.

Ils étaient parvenus dans une petite vallée où ils se sont assis sur du sable fin. Camille regardait le sol quand soudain elle a entendu la voix de François comme un grand bruit inquiétant :

---

dorénavant, à partir de ce moment
décevoir, donner une impression moins agréable que l'impression attendue

– Pourquoi ne me regardez-vous pas? Vous ne dites rien.

Elle ne trouvait rien à dire. Elle pensait à un livre qu'elle avait beaucoup aimé, étant enfant. C'était l'histoire de Kildine, une petite fille enfermée par son père dans une tour habitée de *chauves-souris* et gardée par des *aigles*. Elle ne pouvait tout de même pas parler de Kildine à François.

Soudain elle a senti un *malaise* violent; elle avait froid, tout tournait, il fallait qu'elle s'en aille. Elle a brusquement détaché sa main de celle de François et s'est sauvée. Elle a vu que François s'était levé. Elle a crié :

– Laissez-moi seule, laissez-moi seule!

Dans la forêt elle s'est appuyée contre un arbre et s'est mise à *vomir* et puis elle a pleuré. Mais qu'avait-elle fait?

La journée était longue. Jamais le regard de Camille n'a rencontré celui de François. Elle ne comprenait pas ce qui s'était passé. Les enfants sautaient, criaient. Camille ne supportait rien de tout cela.

Heureusement, Mme Chaumont ne s'est aperçue de

une chauve-souris

un aigle

---

un malaise, gêne; dérangement
vomir, rejeter par la bouche ce qui est dans l'estomac

rien. Elle s'est occupée des petits dès leur arrivée et Camille a pu aller dans sa chambre.

Le dîner s'est bien passé. Ensuite Camille a offert d'aller coucher les enfants, ce que faisait d'habitude Mme Chaumont. Elle évitait sa mère, elle voulait être seule. Mme Chaumont, qui était fatiguée, est allée se coucher.

Comment sa mère, qui la connaissait si bien, n'a-t-elle pas vu qu'elle était *bouleversée?* C'est qu'elle était elle-même très occupée par sa propre fatigue, a pensé Camille. Et François? Que faisait-il?

Elle n'avait pas le goût de rester assise seule sur la terrasse à rêver. Elle devait agir. Alors elle s'est mise à marcher. Elle a retrouvé le chemin qui conduit à la garrigue. Parvenue en haut de la colline, Camille s'est arrêtée pour se reposer. Elle regardait des villages qu'elle connaissait et le ciel rempli de lumières diverses. Tout ici était rassurant et beau. Elle se sentait, tout à coup, pleine de courage.

Puis elle a entendu des pas et bientôt elle a distingué une silhouette qui venait vers elle. C'était François. Elle s'est levée et a couru vers lui. En la voyant venir, il s'est arrêté et il a ouvert ses bras.

Elle a dit tout ensemble : son malaise, comme elle avait été malheureuse toute la journée. Il disait son âge, sa vie, l'envie qu'il avait d'elle. Il a embrassé les lèvres de Camille tout doucement, pour lui apprendre. Il a caressé ses seins. Elle a *déboutonné* elle-même sa

---

bouleversé, troublé; secoué
déboutonner, dégager les boutons

robe et il a embrassé sa poitrine. François était bouleversé par le corps si jeune de Camille.

Elle ne savait rien et ne comprenait pas pourquoi
son corps, qu'elle croyait bien connaître, *se comportait*
d'une manière tellement surprenante. Par moments
elle avait peur, mais François disait :

– *Laisse-toi faire,* tu es ma femme.

Et elle obéissait.

Le lendemain, ils ont annoncé la nouvelle à leurs
parents : ils allaient se marier.

Les familles étaient *ravies.*

---

se comporter, se conduire; agir
se laisser faire, ne pas s'opposer
ravi, très content

Questions

1. Décrivez le pays où vivent Camille et sa famille!

2. Comment est la famille de Camille?

3. Comment sont les rapports entre Camille et sa mère?

4. Quelle impression vous fait Camille?

5. Que pensez-vous de François?

6. Décrivez une sortie à la plage avec François!

7. Comment les sentiments entre Camille et François se développent-ils?

8. Quelle est la réaction des deux familles quand François et Camille leur annoncent qu'ils vont se marier?

II

Pendant l'été qui a suivi leur mariage en avril, François a été nommé professeur à la *Sorbonne* et Camille, en même temps, s'est trouvée *enceinte*.

En octobre, ils ont retrouvé leur maison de banlieue. La vie devenait sérieuse : lui à la Sorbonne, elle avec un enfant.

Ils avaient emmené la vieille Maria avec eux, elle s'occuperait du ménage et aiderait Camille au moment de la naissance.

François était très occupé par son nouveau travail. Il rentrait à la maison heureux, fatigué. Il s'occupait beaucoup des étudiants. Il en aidait un petit groupe à former un cercle culturel. Dans une salle en *sous-sol,* tour à tour trop froide ou trop chaude, ils écoutaient des disques, regardaient des films. La grande idée était de monter une pièce de Plaute en latin. François, qui avait toujours aimé le théâtre, était rempli d'enthousiasme.

Plusieurs fois, Camille y est allée avec lui, après le dîner. Elle aimait bien cela. Mais la distance et surtout son état faisaient qu'elle restait le plus souvent à la maison et laissait son mari y aller tout seul. Une nuit, il est rentré très tard. Elle a allumé. Il est entré dans la chambre avec son manteau et ses cheveux pleins de neige.

– Tu ne sais pas?
– Non, mais je vais savoir.

---

la Sorbonne, université de Paris
être enceinte, attendre un enfant
le sous-sol, partie d'un immeuble au-dessous du rez-de-chaussée

– Eh bien, on nous a trouvé une salle formidable, toute neuve, et nous *donnerons* dix *représentations*.

– Ça, c'est bien.

– La salle n'est libre qu'en mars, alors il faut se dépêcher.

– En mars!

– Oui, pourquoi?

– Et le bébé!

– Comment le bébé?

– Eh bien, il doit naître en mars.

– Je ne comprends pas. Comment le bébé peut-il empêcher le spectacle d'avoir lieu en mars? Avoir un enfant, c'est une chose naturelle. Que veux-tu dire, *ma chérie?*

– Rien. Tu as raison. Mais c'est une chose tellement importante pour moi que...

– Oui, bien sûr. Mais je ne peux pas empêcher ces garçons et ces filles de jouer parce que ma femme va avoir un bébé.

– Il n'en est pas question. Mais j'aurais bien besoin de toi à ce moment-là, et...

– Allons, allons, ne fais pas de *caprices* de petite fille. Ils sont fous de joie, mais ils sont un peu nerveux.

– Je les comprends. Tu sais, le bébé bouge de plus en plus.

– Ah! je suis content! Un fils, un spectacle, tout en même temps.

– Ce sera peut-être une fille.

---

donner une représentation, jouer une pièce sur scène
ma chérie, mon amour
un caprice, volonté soudaine, peu logique

– Une fille, c'est formidable. Quand elle sera grande, elle fera du théâtre.

Il s'est déshabillé, a pris une douche et puis a sauté dans le lit de sa femme.

Le ventre de Camille *gonflait*. Elle savait que l'enfant serait gros et elle en était fière. Quand elle se tenait debout, elle sentait, entre ses jambes, tout le poids de son fils. Par moments, elle aimerait pouvoir abandonner ce paquet de son ventre dans un coin, se mettre alors à sauter comme avant, et puis le reprendre. Mais elle ne le pouvait pas. Pour la première fois de sa vie elle sentait l'*emprise* de la nature sur elle, elle suivait le chemin qu'il faut suivre. Son esprit et sa volonté n'avaient pas de pouvoir. Elle était certaine physiquement qu'elle mourrait un jour.

Au début de février, le petit groupe que François dirigeait commençait à s'agiter. Il fallait *répéter,* construire des décors, faire des costumes et trouver de l'argent pour tout cela. Le spectacle était pour bientôt. François s'inquiétait.

C'est Camille elle-même qui a fait la proposition.

– Pourquoi n'installeraient-ils pas leur atelier ici?

– Je n'osais pas te le demander. Que tu es gentille! J'ai une femme parfaite.

Et François l'a embrassée et a caressé son gros ventre. Ils riaient tous les deux.

Dès le dimanche suivant, l'atelier s'est organisé. Les

---

gonfler, devenir gros; grossir
une emprise, domination; influence
répéter, ici: redire ou refaire pour s'exercer

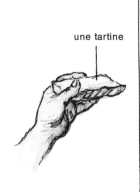

une tartine

garçons ont apporté le *matériel* pour les décors et se sont installés dans la cave, qui était vaste et bien chaude.

La salle de séjour est devenue l'atelier de couture. La jeune Mme Dubreuil était assise dans l'unique fauteuil, elle parlait avec les jeunes filles de la troupe qui avaient le même âge qu'elle.

François travaillait avec les garçons. Vers 11 heures du soir, tout le monde se trouvait réuni pour boire une grande tasse de chocolat chaud et manger des *tartines*. Puis Camille allait se coucher. Toute la matinée,

---

le matériel, les objets

Maria *pestait* contre le désordre laissé la veille et cela faisait rire Camille.

Dans le fond, elle avait toujours rêvé d'être étudiante et elle était heureuse d'accueillir chez elle cette troupe enthousiaste. Elle faisait des projets, elle rêvait que, l'année suivante, elle s'inscrirait en *propédeutique*. Le bébé aurait sept mois et Maria aimerait le garder un peu pour elle toute seule. Elle parlait de ces projets à François qui *hochait* la tête.

---

pester, protester
la propédeutique, cours de préparation pour entrer à l'université
hocher, secouer; remuer

– Tu ne trouves pas que c'est une bonne idée?

– En tout cas, ce n'est pas une mauvaise idée. Mais il me semble que tu es plutôt *lymphatique* et quand tu auras un enfant à ajouter à ta maison et à ton mari, tu n'auras pas envie de faire autre chose.

– Mais François, avant de me marier, c'est fou ce que je faisais!

– Aidée par ta mère et les vieilles *bonnes* de là-bas.

– Souviens-toi, l'été où nous nous sommes connus, te rappelles-tu tout ce que je faisais?

– Tu prenais des bains et tu bavardais.

– Voyons, tu inventes. Nous n'avons pas les mêmes souvenirs. Alors tu n'es pas d'accord pour que je fasse propédeutique à la *rentrée* prochaine?

– Je suis d'accord pour tout ce que tu voudras, mon bébé chéri. Je n'y crois pas beaucoup.

La première représentation devait avoir lieu le 9 mars. L'équipe restait à travailler la nuit, chez les Dubreuil, jusqu'à 4 heures du matin. Chaque jour, au réveil, Camille pensait : *«Pourvu qu'*il n'arrive pas aujourd'hui!»* Elle restait immobile dans son lit et regardait son ventre.

Mme Chaumont écrivait de longues lettres : «Ne te fatigue pas trop... Je viendrai dès que tu sentiras que c'est nécessaire... J'ai fait planter des frésias dans le jardin, ils seront en fleurs quand tu viendras à Pâques avec ton tout petit!»

A Pâques, elle serait chez elle avec son enfant! Les

---

lymphatique, passif; lent
une bonne, domestique
la rentrée, ici: commencement de l'année scolaire
pourvu que, espérant que

28

frésias, l'air doux, le ciel bleu, tout cela lui manquait beaucoup. Ici il faisait toujours gris et sale et la banlieue parisienne ce n'était pas très gai.

Camille croyait que François avait raison quand il disait qu'elle était lymphatique. Elle a passé la matinée à ne rien faire, elle avait rêvé. Elle ferait mieux de se lever et de préparer quelque chose de bon pour ce soir.

François n'avait pas passé la nuit chez lui, il était resté au théâtre pour aider les étudiants.

Dans le salon tout avait repris sa place. Ils étaient venus hier pour enlever les costumes à peine terminés.

– Maria, je sors, je vais envoyer un télégramme à maman.

– Tu crois que c'est pour bientôt?

– Oui, je le crois!

A son retour, l'auto n'était toujours pas devant la porte. Elle a essayé de lire, de tricoter, en attendant François.

«Que font-ils au théâtre?... Rester là, alors que les autres font des choses intéressantes... Je n'aurai pas d'autre enfant avant longtemps. François n'a pas changé son comportement pendant la *grossesse*. Il dit que c'est une chose naturelle, normale, qui ne doit rien changer à la vie... Je voudrais le voir avec un gros ventre... Heureusement que maman vient, elle me comprendra.»

François est arrivé vers 5 heures. Il a demandé quelque chose à manger et un bain chaud. Puis il est monté

---

la grossesse, état d'une femme enceinte

dans la chambre, s'est déshabillé et s'est jeté nu sur le lit. Camille a fait couler le bain et a préparé les serviettes. Elle est entrée dans la chambre.

– Ton bain est prêt.

– J'y vais.

– Je vais avec toi ce soir?

– Bien sûr. Ils me parlent de toi. Ils t'aiment beaucoup.

– Et si j'*accouche* pendant le spectacle?

– Tu as des douleurs?

– Non.

– Alors tu n'accoucheras pas. Et puis, si tu accouches, on verra bien.

– Je vais emporter la valise, comme ça, si ça arrive, tu me conduiras directement à la clinique.

– Si ça peut te rassurer...

Les gens avaient commencé à arriver dans le petit théâtre. Elle était restée longtemps dans les coulisses, ensuite François l'avait conduite à leurs places en promettant qu'il viendrait dès qu'il le pourrait. Bientôt les fauteuils étaient presque tous pris et les lumières ont baissé. Trois coups et le rideau se lève. La gorge de Camille se serre : pourvu que tout marche. Elle regrette d'être venue.

Les gens ont l'air de s'intéresser, certains rient, Camille n'y comprend rien. Elle se sent bête. Elle regarde surtout les costumes. Voilà la jolie Véronique qui reste debout, muette. Elle a oublié son texte. Le cœur de Camille se met à battre. Elle regrette d'être venue. On entend la voix de François qui souffle

---

accoucher, mettre un enfant au monde

depuis les coulisses. Autour d'elle les gens sourient, ils trouvent cela «charmant». Le blanc a duré quelques secondes seulement, pourtant Camille *n'en peut plus,* elle voudrait sortir, mais elle est au milieu du rang et ne peut pas faire lever tout le monde et puis cela ferait du bruit. Que faire? Elle s'efforce de retrouver son calme : la salle rit, tout va très bien, il y aura un *entracte* bientôt.

---

n'en pouvoir plus, ne plus rien supporter
un entracte, pause entre deux actes

Au moment où elle croit avoir retrouvé son calme, le bébé commence à s'agiter dans son ventre, comme un fou. Le cœur de la femme se met à battre très fort : et si elle allait accoucher là, devant tout le monde! Elle a peur. Il faut qu'elle tienne jusqu'à l'entracte. Soudain elle est sûre d'une chose : elle va mourir, les gens qui l'entourent vont mourir, tous, l'enfant qu'elle porte va mourir. Elle a envie de vomir.

Les gens applaudissent, le rideau se ferme, la salle s'éclaire. Camille se lève, mais il lui faut attendre patiemment son tour pour sortir. Elle se perd dans les couloirs, elle ne sait plus où se trouve l'entrée des coulisses. Elle est seule, c'est la *souricière*. Enfin une *ouvreuse*.

– Les coulisses, Mademoiselle, s'il vous plaît?

– Dans le fond du couloir, la porte de gauche.

– Merci.

Dans les coulisses tout le monde sourit. Ils sont heureux. Camille se sent très loin d'eux. Elle a honte d'elle-même. Ils vont se dire : «Ce pauvre Dubreuil, il a une de ces femmes...»

François l'aperçoit et vient vers elle.

– Alors, comment as-tu trouvé?

– Très bien.

– Non, ne dis pas ça comme ça, tu es de la famille, dis-nous ton impression réelle.

une souricière

---

une ouvreuse, femme chargée de placer les spectateurs

Elle n'a rien à dire, elle vit dans un *cauchemar* qui n'a rien à voir avec le spectacle ni avec tous ces gens.

– J'ai eu peur quand Véronique a oublié son texte. On t'entendait souffler de la salle.

– C'est tout ce que tu trouves à dire!

– Non, non, c'était très bien, vraiment très bien. Je suis bouleversée, parce que j'ai mal au ventre. Je ne veux plus retourner dans la salle.

– Tu as très mal?

– Non, pas très mal.

– Est-ce que tu te sens capable de rester jusqu'à la fin du spectacle?

– Oui, mais je ne veux pas retourner dans la salle. J'ai peur.

– Ne fais pas de caprice. Je vais t'installer dans un coin où tu ne gêneras personne, mais tu n'y verras rien de la suite.

– Je viendrai voir le spectacle une autre fois quand il y aura moins de monde.

– Tiens, mets-toi là et sois sage. Je reviens.

Elle s'assied sur un *escabeau* et regarde François qui s'éloigne. Les gens sont partis. La deuxième partie va commencer.

Pourquoi François dit-il qu'elle fait des caprices? Elle n'en fait pas. Sa peur est vraie. Elle a bien essayé

un escabeau

---

un cauchemar, mauvais rêve

de lui parler de sa peur, mais il n'aime pas cette conversation, il dit qu'elle s'occupe trop d'elle-même, qu'elle ne fait pas assez d'exercice. Elle appuie sa tête contre le mur, elle ferme les yeux. Elle aimerait pleurer. Si seulement sa mère était là!

Ils se sont couchés tard. Le spectacle a été un succès. François était heureux, il était gentil avec sa femme. Il s'est vite endormi profondément. Camille n'a pu trouver le sommeil. Elle a eu une première *contraction* et elle a attendu que vienne la seconde. Elle a dû attendre deux heures. Elle a allumé la lampe, il était 4 heures du matin. Elle regarde son mari.

– François, réveille-toi!

Il la regarde et, peu à peu, la reconnaît.

– Qu'est-ce qui se passe?

– Je vais accoucher.

Il est debout, au pied du lit.

– Tu en es sûre?

– Certaine.

– Alors, partons.

A la clinique, la *sage-femme* de nuit l'installe dans une chambre et, après l'avoir examinée, lui dit qu'elle *en a pour* plusieurs heures.

François lui propose d'essayer de dormir un peu et pendant ce temps il irait prendre un café.

Le jour s'est levé. François est revenu. Camille est très fière parce qu'une contraction la prend. Elle res-

---

une contraction, douleur qui précède la naissance d'un enfant
une sage-femme, femme dont le métier est de faire des accouchements
en avoir pour, mettre (un certain temps) à faire qc

un oreiller

pire profondément. François la considère avec admiration.

– La nouvelle sage-femme a dit que ce ne sera pas avant cet après-midi. Tu préfères que je reste ici ou bien tu penses que je peux aller faire mon cours de 10 heures à midi?

– Va faire ton cours. Je me sens bien.

La voilà de nouveau seule. Les contractions se rapprochent et sont plus fortes. La sage-femme passe régulièrement.

Il y a maintenant plus de huit heures qu'elle est là. Elle a mal, elle a chaud, mais c'est supportable.

Tout à coup les machines se sont mises à *fonctionner à plein.* Ces machines, c'est son propre corps. Elle veut

---

fonctionner, marcher
à plein, avec sa plus grande force

que cela s'arrête un instant, un seul instant. Mais ce qu'elle veut n'a aucune importance.

François est arrivé, il a regardé sa femme avec peur.

– Ça ne va pas?

Elle fait aller sa tête sur l'*oreiller* pour dire que ça va, qu'elle est trop occupée, qu'elle ne peut pas répondre.

– J'ai déjeuné avant de venir. Comme cela je ne te quitterai plus. Ta mère a envoyé un télégramme, elle arrive ce soir.

Les contractions se produisent avec des *intervalles* très courts. Camille a peur. Elle *murmure* :

– Je suis prise dans la souricière.

François est désolé, il entre et sort sans arrêt, il voudrait que tout se termine vite.

Son médecin est là, il est rassurant, elle le connaît bien. Il lui parle comme si rien ne se passait. Elle fait un effort pour répondre. Il l'examine, la sage-femme l'examine. Le médecin annonce :

– On va vous mener en salle d'accouchement, tout se passe très bien.

On vient la prendre et on la transporte dans une salle très éclairée. Quelle heure est-il? François est là. Il lui tient la main. Elle la serre.

Le médecin parle :

– Voilà l'*expulsion* qui commence. Vous vous souvenez de ce que vous avez à faire?

Elle fait oui de la tête.

---

un oreiller, voir illustration page 35
un intervalle, temps entre deux faits, deux événements
murmurer, dire à voix basse
une expulsion, action de faire sortir

Le rythme a changé. Elle ne sait plus quand ça commence et quand ça finit.

– Vous poussez mal. Faites attention.

Elle crie comme un animal.

– Vous ne vous contrôlez pas. Poussez, encore, encore. On voit le *crâne*.

Elle *s'en fout* du crâne. Son enfant est son ennemi. Elle est, elle-même, son ennemi. Maintenant elle n'obéit plus, elle crie :

– *Endormez*-moi, endormez-moi!

Elle a entendu comme venant de très loin, la voix de François :

– Allons, Camille.

Elle s'en fout de François, elle le déteste. Elle n'aura plus jamais d'enfant.

On met un masque sur son visage, on lui dit de respirer profondément. Son corps doucement s'efface. Il n'y a plus que son esprit libre, léger qui court dans la garrigue. Elle est heureuse, heureuse.

Quand elle ouvre les yeux, elle est toujours dans la salle d'accouchement. Elle ne voit pas grand-chose, d'ailleurs elle ne fait pas d'effort pour voir. Le docteur s'approche d'elle :

– Vous avez un fils, il est magnifique, il pèse 4 kg 100.

Ils sont tous au-dessus d'elle, ils sourient. Elle sourit aussi. François est là, il a un paquet dans les bras. Elle murmure :

---

un crâne, tête
s'en foutre de, se moquer de
endormir, faire dormir, ici à l'aide d'un médicament

– Donne-le-moi.

Elle voit descendre vers elle le plus bel enfant qu'elle ait jamais vu. On le lui installe sur la poitrine, elle referme les bras sur son bébé. On veut le lui reprendre, elle refuse.

– Vous êtes sûre de pouvoir le tenir.

– Oui, oui.

Camille avait toutes les chances et elle le savait : un gentil mari qui gagnait bien sa vie, un fils magnifique, une maison en banlieue, sa jeunesse, la santé.

A Pâques, ils sont descendus dans le Midi et François lui a proposé de rester chez sa mère pendant le troisième *trimestre*. A cette époque, il serait lui-même très occupé. Il ne fallait pas insister beaucoup.

Camille s'est donc installée chez elle. Elle pensait que cette longue période de soleil et de calme lui ferait du bien. Elle avait honte de ne pas se sentir heureuse.

Au début de juillet, François est venu, et dès le lendemain de son arrivée, il a décidé Camille à aller vivre dans la maison des Dubreuil où ils seraient seuls. Elle a accepté. Et pourtant, elle s'inquiétait déjà d'être seule avec François.

La maison des Dubreuil était plus vaste que celle des Chaumont, mais elle n'était pas faite pour y vivre longtemps. Les meubles étaient vieux, laids et inconfortables.

C'est à cette époque, dans cette maison, qu'a commencé véritablement l'*égarement* de Camille.

---

un trimestre, période de trois mois
un égarement, état où on perd son bon sens

D'où lui venaient cette tristesse et cette *lassitude?*
Chaque matin les cris de Bernard la tiraient du sommeil, duquel elle sortait plus fatiguée que la veille.

Elle n'osait se confier à personne, surtout pas à François. Pourquoi? Peur de le décevoir? *Incapacité* de trouver les mots qui décriraient son état? Elle se disait à elle-même : «Je suis fatiguée» et n'allait pas plus loin. Cette jeune fille semblait vivre des jours heureux, et pour Camille, cette apparence seule avait de l'importance.

Les *pires* moments de sa vie se situaient le soir, après le dîner : alors François avait envie d'elle et il lui faisait peur. Depuis la naissance de Bernard, elle ne désirait plus que son mari la touche. Elle avait honte de le dire et jouait la comédie du plaisir.

Le rythme de son mari ne lui convenait pas : elle avait besoin de sommeil, lui pas, elle désirait pour son fils une vie régulière. François se moquait des heures fixes et des régimes.

Elle a pris l'habitude de fuir, elle trouvait toujours une bonne raison pour être dehors aux heures où François l'attendait. A son retour, elle trouvait François endormi ou parti pour la plage. Elle se disait souvent que demain serait différent et, pourtant, demain était pareil.

François semblait ne pas s'en rendre compte et ils ne se parlaient jamais franchement.

A la fin de l'été, Camille a quitté sa mère et ses collines pour s'installer de nouveau dans la banlieue pari-

---

une lassitude, fatigue, ennui et manque de courage
une incapacité, impuissance
le pire, le plus mauvais

sienne. Elle sortait son fils pendant de longues heures. Il s'amusait; Maria tenait la maison; François travaillait. Camille pouvait donc rêver à son aise.

Les occupations de son mari le retenaient hors de la maison toute la journée et souvent le soir. Faire semblant de dormir à 1 heure du matin, ce n'est pas un grand mensonge. Restaient les dimanches et les *jours fériés,* elle s'arrangeait du mieux qu'elle pouvait.

Bernard était devenu un enfant magnifique. A dix mois, il marchait, à dix-huit il faisait du *tricycle* dans le salon. Il mangeait autant qu'une grande personne.

Exactement vingt mois après la naissance de Bernard, elle a eu une fille, Cécile. Cet accouchement était moins pénible que le premier.

La petite fille ressemblait à son frère, elle était aussi forte que lui, mais elle était sage, elle ne pleurait jamais.

Vingt mois plus tard, Camille a eu une autre fille, Isabelle, petite et mince.

Camille avait maintenant vingt-trois ans. Pour mieux éviter François, elle s'était installée dans une chambre avec ses deux petites filles et avait mis le lit de Bernard dans la chambre de son père.

François pensait qu'elle était *paresseuse* et négligente comme le sont souvent les femmes du sud de l'Europe. Ils se disaient bonjour et bonsoir, elle prenait son bras quand ils sortaient ensemble, il l'appelait «chérie». Leur ménage faisait l'admiration de tous.

François ne supportait plus les *langueurs* de sa

---

un jour férié, jour où on ne travaille pas
paresseux, qui évite le travail
la langueur, manque d'activité et d'énergie

un tricycle

femme. Il faut dire qu'elle avait beaucoup grossi.

C'est peu après la naissance de leur troisième enfant qu'il s'est mis à tromper Camille. D'abord, il le faisait par nécessité, en se cachant. Puis c'est devenu un plaisir. Camille ne voyait rien, ne demandait rien. Elle en souffrait mais ne faisait rien pour *y remédier*. Elle se trouvait laide et usée. Elle ne comprenait pas ce qui arrivait.

Elle ne voulait pas perdre François et cependant elle faisait tout pour l'éloigner d'elle : son corps était lourd et mal soigné, elle fuyait som mari.

Elle est allée voir des spécialistes, elle n'avait rien. François lui a conseillé de faire du sport. Mais le grand

---

remédier à qc, réparer qc

air, les arbres, les plantes, les gens qui rient, tout cela lui donnait le *vertige*. Peu à peu elle s'enfermait dans une terrible prison. Elle sentait qu'une seule chose était certaine : la mort.

Questions

1. A quoi François est-il très occupé?

2. Camille l'accompagne-t-elle le soir?

3. Comment Camille reçoit-elle la nouvelle des dix représentations en mars?

4. Comment Camille sent-elle sa grossesse?

5. Quelle est la proposition de Camille?

6. Quels sont les projets de Camille?

7. François est-il d'accord pour que Camille fasse des études?

8. Comment se passe la soirée au théâtre?

9. Comment se passe l'accouchement?

10. Où Camille passe-t-elle le printemps?

11. Comment sont les rapport entre Camille et François après la naissance du fils?

12. Camille a eu d'autres enfants?

13. Quelle est la réaction de François au changement de Camille?

---

avoir le vertige, voir tout tourner

III

un flacon

Camille Dubreuil vient de se réveiller. Elle écoute les bruits de la maison : les enfants, le mari et la vieille bonne qui *dorlote* tout ce monde. Camille pense : «Ils m'ont réveillée à faire tout ce bruit» puis «Ce serait à moi de les dorloter» puis «Je m'en fous, qu'ils meurent et qu'ils me laissent dormir.» Elle corrige, de peur d'attirer un mauvais sort sur sa famille : «Qu'ils ne meurent pas, mais qu'ils s'en aillent.» Elle a maintenant vingt-neuf ans, son fils a dix ans et ses filles huit et six ans. Comme le temps passe.

Elle se redresse et prend un *flacon* de médicament posé sur la caisse qui sert de table de nuit. Un comprimé. Le docteur a dit : pas plus de trois par jour. Elle attend, couchée sur le dos. Le calme vient, elle l'ac-

---

dorloter, traiter avec tendresse

cueille dans ses épaules, dans son ventre et bientôt dans sa tête.

Elle dort, elle rêve. Elle fait un cauchemar. Elle est poursuivie par des chiens jaunes et blancs, maigres, méchants. Et ces chiens, c'est son père qui les lance contre elle. Au début, elle a pensé qu'elle n'avait rien à craindre de son père, que c'était un jeu; c'est lui qui la conduisait à l'école, le soir elle faisait ses devoirs avec lui, sur la table de la cuisine, il la laissait s'amuser dans les montagnes. Il a lâché les chiens contre elle et ce n'est pas de la *rigolade*. Elle court dans les champs, entre les rangs de vigne. Elle a peur parce que les chiens la chassent, elle a peur surtout de l'homme. Elle ne comprend pas son changement d'attitude.

Le mauvais rêve lui fait changer de position, elle essaye d'arriver au niveau de la conscience. Pourtant, elle préférerait retourner aux peurs de ses rêves. C'était comme du cinéma. Elle n'a pas vu la fin du film. Peut-être que cela se terminerait bien, avec des rires et une fête. Elle n'y arrive pas.

Elle est debout. Ses jambes sont lourdes. Pour marcher elle doit faire de grands efforts. Elle qui courait sur les plages comme une folle!

Prendre un bain lui fait du bien, enlever la poussière, nettoyer tout. Puis elle doit prendre François à la Sorbonne.

– Tu t'es bien reposée?

– Oui, ça va.

– Il fait beau, tu ne trouves pas? Si on marchait un peu, la campagne n'est pas loin.

---

la rigolade, amusement; plaisanterie

– Je n'en ai pas le courage.

– Pourtant tu aimais cela avant.

– Oui, mais là-bas, pas ici. Il faisait plus chaud, il y avait des choses à trouver, à regarder.

– Ici aussi. Je t'assure. Quand j'étais petit...

– C'est possible, mais je ne les vois pas, je ne les connais pas.

– Apprends à les connaître.

– Je n'en ai pas envie. Je m'excuse.

François veut faire marcher Camille et arrête la voiture devant un petit bois, et comme le brouillard est *dense* ce matin, on peut imaginer que le bois est une grande forêt pleine de mystères.

– Non, je ne marcherai pas. Je n'en ai pas la force.

– Fais comme tu veux, moi j'y vais. J'aime l'hiver à Paris.

Il entre dans le bois. Sa femme sait qu'il est inquiet à cause d'elle. Elle pense qu'elle est une mauvaise mère, une mauvaise femme.

François ne revient pas, il met des heures! Peut-être est-il caché derrière un arbre. Il attend qu'elle se décide et alors ils marcheraient comme si de rien n'était.

Et elle, la femme de François Dubreuil, elle est protégée, *à part*. Il ne faut pas que cela se passe ainsi, elle veut être comme les autres. Elle ouvre la porte. Elle ne veut pas *rejoindre* François. C'est à cause de lui qu'elle est différente des autres : mauvaise femme, mauvaise mère. Elle va marcher sur la route, là où il faut mar-

---

dense, épais
à part, séparé d'un ensemble
rejoindre, aller retrouver

cher. Au moins trouvera-t-on son corps si elle a un malaise. Le fait d'avoir pris cette décision lui fait du bien. Bientôt elle voit les lumières jaunes d'une auto qui avance lentement.

– La route de Paris, s'il vous plaît?

– C'est plus loin à droite, Monsieur.

– Merci. Vous voulez monter? Si vous allez par là, ce sera plus rapide en voiture qu'à pied.

– Volontiers, je suis pressée.

L'homme conduit doucement à cause du brouillard. Il ne s'occupe que de la route, il ne s'occupe pas d'elle et elle ne supporte pas cette situation. Elle veut parler à quelqu'un qui l'écoute. Elle demande à l'homme de s'arrêter à une station d'autobus.

Il y a du monde dans l'autobus : des gens assis, des gens debout. Elle reste debout.

Camille sait qu'elle veut aimer son mari et ses enfants, mais la mort les éloigne d'elle. Elle les voit morts. Elle n'a pas le courage d'accepter leur mort. François ne peut pas l'aider, car cette peur ne le touche pas. Elle ne veut plus penser à cela. Elle doit parler, se manifester pour mieux *s'amalgamer* à la foule. Elle dit :

– Quel temps!

Quelqu'un répond :

– Chaque année, c'est pire.

Dans l'autobus les gens ne veulent pas parler, ils ne se lient pas facilement.

Elle descend à Montparnasse, il est midi et quart. Sur les *trottoirs* la foule va et vient. Camille s'arrête devant une grande affiche. On y voit, grandeur

---

s'amalgamer à, se fondre avec; se réunir avec

Commencez bien
votre vie dans de
confortables
chaussures
UNTEL

Café

BAR

Tabac Bar

un trottoir

47

nature, une femme et un homme en costume de mariage. Ils rient et se tiennent par la main. On comprend qu'ils ont trouvé la clef du bonheur. En bas de l'affiche on lit : «Commencez bien votre vie dans de confortables chaussures Untel».

Pour l'instant, elle a peur de tout : d'elle-même et des autres, d'aujourd'hui et de demain. Soudainement, elle prend conscience de ses pieds qui ont chaud malgré le froid, qui la portent bien. Ils vont bien. Il y a une partie d'elle qui va bien. Elle se dit : «Il y a plusieurs mois que je *guette* la mort. Ce sont des mois perdus, puisque la mort n'est pas venue. Dans cet instant même, je ne meurs pas. Alors, pourquoi ne pas en profiter?» Elle veut parler, se déplacer. Elle a faim, c'est facile : elle entre dans une *brasserie,* s'installe, commande un menu qui lui plaît. C'est la fête. Elle pense avec une petite gêne à la boîte de comprimés qui est dans son sac. Elle n'en aura pas besoin. Ensuite, elle ira au cinéma, elle regardera les magasins et puis elle rentrera chez elle avec un grand sourire et des fleurs.

Il y a des gens qui entrent avec leurs joues roses et le regard vif. Il y a un homme qui vient s'asseoir près d'elle, qui commande son repas. Il a faim, il se tourne vers elle et dit :

– Est-ce que je peux prendre votre *pot de moutarde?*

un pot de moutarde

---

guetter, attendre avec impatience
une brasserie, grand café restaurant

48

– Je vous en prie.

– Je vous prends aussi un morceau de pain.

– Bien sûr.

Il met un peu de moutarde sur son pain et mange le tout avec plaisir. Il sent qu'elle le regarde, alors il la regarde à son tour, un peu gêné. Ils rient.

– J'ai faim.

– C'est l'heure d'avoir faim.

Elle pense à ses enfants qui déjeunent à l'école, elle pense à son mari qui la cherche. Ce n'est pas la première fois qu'elle part. D'habitude, elle marche et elle finit par rentrer parce qu'elle ne sait pas où aller.

Ce soir elle reviendra *apaisée;* elle racontera son histoire à François. Elle le fera rire en lui disant qu'elle a résolu ses problèmes avec une affiche pour des chaussures et un bon repas. Peut-être qu'ils feront l'amour.

L'homme à côté d'elle boit un grand coup de bière. Il la regarde.

– Ça va mieux! Vous êtes d'ici?

– De la banlieue.

– Moi, je suis du Midi et je suis monté à Paris pour peindre. Je fais le contraire des autres qui vont chercher la lumière dans le Sud. Une expérience, simplement. Vous prenez un autre *demi* avec moi? Oui?

– Je veux bien.

Il commande les demis.

– Et vous, qu'est-ce que vous faites comme métier?

– Je m'occupe d'enfants.

– Ils sont à l'école alors.

---

apaisé, moins agité
un demi, ici: verre de bière

– Oui, et puis aujourd'hui c'est mon jour de congé.

– Vous savez pourquoi je suis venu m'asseoir près de vous?

– Parce que c'était la seule place libre.

– Pas du tout. Parce que vous aviez l'air heureux. De nos jours on ne voit plus que des têtes d'enterrement. Moi, je veux faire de la *peinture* gaie.

– Quelquefois j'ai peur.

– De quoi?

– Je ne sais pas... De la mort.

– Moi aussi, j'ai peur des fois.

– De quoi?

– Des *bagarres* de *bistro*.

Décidément elle n'y comprenait rien. Les bagarres de bistro, cela peut s'éviter, mais pas la mort.

Il parlait et elle le laissait parler.

– Qu'est-ce que vous allez faire cet après-midi?

– Je crois que je vais aller au cinéma d'abord et puis je verrai.

Aller au cinéma! L'homme n'aimait pas cela.

– Et qu'est-ce que vous allez voir?

– Je ne sais pas encore.

Elle pensait à une comédie américaine. Mais ce garçon lui faisait le même effet qu'une comédie américaine. Elle pouvait rester avec lui.

– Que m'offrez-vous en échange?

– Vous pourriez venir chez moi. Je vous montrerai ma peinture et puis, dans la soirée, je vous emmènerai

---

la peinture, art de peindre; tableaux
une bagarre, bataille
un bistro, café

chez un ami, un autre *peintre*. Il a vendu une *toile* hier et il a invité des gens chez lui, ce soir.

– Ce soir il faudra que je rentre, mais, pour l'instant, je veux bien aller voir votre peinture.

Ils marchaient et lui la faisait rire.

– Je m'appelle Camille, et vous?

– Je m'appelle Sauveur. C'est un nom espagnol.

– Je n'arriverai jamais à vous appeler comme cela.

– Quelle idée!

Les rues deviennent misérables. Le cœur de Mme Dubreuil se met à battre. Elle ne sait même plus ce qu'elle fait ni où elle est. Elle ne veut pas mourir avec cet inconnu dans cette pauvre rue.

Ils entrent dans un immeuble. Sauveur parle longtemps avec la concierge. Elle a l'habitude de voir le peintre avec des filles et celle-là ne l'intéresse pas particulièrement.

Il y a les comprimés dans le sac de Camille. Elle fait des efforts pour se maintenir dans le présent. Jusqu'à la naissance de ses enfants, la mort n'était pas entrée dans sa tête. Avant, quand elle y pensait, cela ne voulait rien dire.

Il monte un étage, deux étages, trois étages, quatre étages, cinq étages. Il frappe à la porte. Il y a donc quelqu'un? Ce n'est pas chez lui?

La femme qui ouvre n'est ni belle ni laide. Elle dit bonjour à Sauveur et à Camille. Elle n'est pas étonnée et s'efface pour les laisser entrer.

– J'ai trouvé Camille à la Coupole, c'est son jour de congé. Elle n'a rien à faire, alors je l'ai amenée.

---

un peintre, personne dont le métier est de peindre
une toile, ici: peinture; tableau

– Tu as bien fait. Installez-vous.

– J'aimerais avoir un verre d'eau, s'il vous plaît.

Camille s'est laissée tomber sur un grand lit. Elle a pris la boîte de comprimés dans son sac. La femme apporte le verre d'eau.

– Je m'appelle Dorothée. Vous avez mal à la tête?

– Oui, un peu.

Ils ne s'occupent plus d'elle. Sauveur raconte à Dorothée tout ce qu'il a vu et appris.

Camille a les yeux fermés, elle attend l'effet de son médicament. Mais pourquoi souffre-t-elle ainsi? Elle voudrait être comme tout le monde. Est-elle seule à avoir peur de la vie?

Elle a bougé, elle a tourné son visage vers le mur où des toiles sont accrochées. Elle ne trouve pas cette peinture belle, mais cela l'intéresse, elle ne sait pas pourquoi. Elle est contente d'être chez Sauveur.

Dorothée parle dans son dos :

– Vous vous sentez mieux?

– Un peu, oui.

– Sauveur veut que nous allions tout de suite chez Hoffmann qui organise une petite fête chez lui.

– Oui, je sais.

– Il dit que nous devons l'aider.

– Je crois que je n'irai pas.

Sauveur s'est levé, il est grand et large.

– Ah, ça alors, il n'en est pas question. Justement je veux que Hoffmann vous voie parce qu'il cherche un crâne. Le vôtre est beau, c'est rare un beau crâne, et vos petites oreilles. Hoffmann est très intéressé par les oreilles.

Camille se met à rire. Ça, vraiment, elle ne s'y attendait pas.

– Je resterai un petit moment, je vous aiderai à tout préparer et je partirai quand les autres arriveront.

– Pourquoi?

– Je ne suis pas très à mon aise au milieu d'étrangers.

– Bon, allez, en route les bonnes femmes!

L'atelier de Hoffmann ressemble exactement à celui de Sauveur. Les toiles sont tournées contre le mur.

Hoffmann commence à s'intéresser au crâne et aux oreilles de Camille, il tourne autour d'elle en poussant des *exclamations*. D'autres amis sont là : deux jeunes femmes. Elles sont aussi gentilles que Dorothée. Personne ne pose de questions à Camille, qui *se détend* et bavarde tout en préparant des tartines.

Elle se sent bien et voudrait téléphoner chez elle pour prévenir qu'elle rentrera tard.

– Où y a-t-il un téléphone?

– Dans la rue, le premier bistro à gauche.

Elle descend, trouve le téléphone.

– Allô, c'est Camille.

– Ah bon, je m'inquiétais.

– J'ai déjeuné à la Coupole, où j'ai rencontré un ménage de peintres qui m'ont invitée chez eux. Ils sont très gentils. Je vais peut-être rentrer tard.

– Veux-tu que je vienne te chercher?

– Non, ce n'est pas la peine, d'ailleurs je ne sais pas l'adresse exacte. Je voulais te prévenir pour que tu ne t'inquiètes pas. Je prends un jour de vacances quoi!

– Tu as raison. Tu te sens bien?

---

une exclamation, paroles brusques exprimant un sentiment
se détendre, cesser d'être tendu

– Très bien.

– Tu vois comme tu es *capricieuse*. Tu n'es pas assez occupée, voilà ce que tu as.

– Avec mes trois enfants?

– Enfin, comprends ce que je veux dire. Tu dois sortir de chez toi.

– Bon, je verrai, je t'embrasse, au revoir.

– Au revoir.

Elle remonte en courant vers l'atelier. D'autres amis sont arrivés. Dorothée a préparé des *brochettes* que l'on

---

capricieux, qui a des caprices

une brochette

fait griller dans la cheminée. Elles sentent bon, elles sont délicieuses. Camille ne s'est jamais autant amusée. La mort ne lui fait plus peur. Elle s'est assise par terre au coin de la cheminée.

Un homme vient s'asseoir près de Camille. Elle ne l'avait pas encore remarqué. Il est architecte.

– Vous n'êtes pas comme les autres. Je ne vous ai jamais rencontrée chez les amis.

– C'est Sauveur qui m'a amenée ici parce qu'il trouve que j'ai un beau crâne et de belles oreilles.

– J'en ai entendu parler. C'est la vérité.

Il se met à parler de la beauté. Il remplit les verres.

Hoffmann a retourné certaines de ses toiles et un petit groupe s'est formé autour de lui. La peinture ne plaît pas à Camille.

L'architecte a passé un bras autour de ses épaules, elle se laisse faire.

– Je m'appelle Alain.

– Et moi Camille.

Ils continuent à bavarder, à boire, à regarder les autres. Camille se sent protégée, elle n'a peur de rien.

La soirée se termine. Camille promet à Sauveur et à Hoffmann qu'elle reviendra les voir la semaine prochaine. Alain lui propose de la reconduire. Elle accepte.

L'auto roule dans des rues vides. Alain ne parle pas, elle non plus, mais le silence n'est pas gênant.

La voiture s'arrête devant la maison des Dubreuil.

– Est-ce que je peux venir vous chercher la semaine prochaine?

– Non, je préfère vous retrouver en ville. A l'heure du déjeuner? A la Coupole?

– Parfait, à la semaine prochaine! Merci de cette soirée!

– C'est moi qui vous remercie.

Ils se regardent en riant.

François n'est pas couché.

– C'est à cette heure que tu rentres!

– Pour une fois.

– Je m'inquiète pour toi. Tu as *perdu l'esprit!*

– Oui, mais pas aujourd'hui. Parce que, à chaque

---

perdre l'esprit, devenir comme fou

fois que tu rentres tard ou pas du tout, tu estimes que tu as perdu l'esprit.

– Ce n'est pas la même chose... Partir avec des gens que tu ne connais pas!

– A vingt-neuf ans on sait ce qu'on fait.

– Camille, parlons franchement.

– J'ai sommeil et tu sais comment se terminent nos discussions : jamais tu ne me donnes raison.

– Toi non plus.

– Moi, je ne peux pas céder plus que ce que j'ai déjà fait.

– Et moi, crois-tu que je ne pense pas à toi, que je ne vis pas pour vous?

– Non, je ne le crois pas. Quand tu me trompes, avec toutes tes petites dames, tu crois que tu vis pour moi?

– Camille, soyons francs. Tu m'évites. Je ne pouvais tout de même pas rester comme cela toute ma vie.

– Je ne t'évite pas. J'attends que tu viennes me chercher et tu ne viens pas.

– Je ne viens plus. Et puis...

– Puis quoi?

– Je ne sais pas ce que je voulais dire. Le mieux serait de nous séparer plutôt que de vivre comme cela, à nous faire du mal.

Camille *éclate en sanglots*. Elle ne veut pas se séparer de François.

– J'ai dit ça comme ça, mais tu sais que je t'aime. Tu sais que ces histoires de bonnes femmes n'ont aucune importance pour moi. Tu sais que j'ai besoin de toi.

Il essaye de l'embrasser, elle n'en a pas envie, elle se

éclater en sanglots, se mettre à pleurer très fort

laisse faire et, pendant ce temps, elle se demande comment elle pourra éviter de faire l'amour ce soir.

Pendant la semaine suivante, Camille a passé toutes ses matinées sur son lit, à regarder les gouttes de pluie sur les vitres.

Elle pensait que seule la mort pouvait la *libérer* de cette vie et elle avait de la mort une peur terrible. Elle se sentait enfermée dans une souricière.

Le jour est venu où elle devait revoir Alain et Sauveur. Elle s'est dit qu'elle leur dirait la vérité : qu'elle n'était qu'une folle. L'aideraient-ils? Ou bien se détourneraient-ils d'elle?

Elle a annoncé à François qu'elle passerait la journée dehors. Il l'a regardée partir, triste et impuissant.

Le voyage en autobus était long. En s'approchant de Montparnasse, elle s'est mise à penser à l'architecte. Elle craignait de ne pas le reconnaître. Elle y allait «pour voir».

Alain l'attendait, grand, calme.

– Bonjour Camille, vous êtes à l'heure. C'est *le propre des* gens *équilibrés.*

– Vous vous trompez, je ne suis pas du tout équilibrée.

– Ah bon?

Elle lui a tout raconté : sa vie, ses peurs, ses enfants, son mari, son pays. Il l'écoutait.

– Il faut voir un médecin.

---

libérer, rendre libre
le propre de qn, ce qui le distingue des autres
équilibré, en bonne santé d'esprit

– J'en ai déjà vu, je n'ai rien.

– Il faut voir un spécialiste.

– Alors, même si je ne suis pas vraiment folle, je le deviendrai. Ce n'est pas moi qui vais mal, c'est tout ce qui m'entoure qui ne me convient pas. Je ne suis pas faite pour mener la vie que je mène et je ne peux plus *faire machine arrière*.

Après le déjeuner, ils sont allés chez Sauveur et Dorothée, puis ils se sont rendus au cinéma pour voir un western.

Durant le trajet du retour, ils ne parlaient guère. A un moment, simplement, Alain a posé sa main sur la *nuque* de Camille, non pas pour la caresser, mais pour la rassurer. Camille sentait qu'il faisait exactement ce qu'elle voulait qu'il fasse.

Elle a pris l'habitude de le voir une fois par semaine.

Camille parlait à François de ses sorties, il ne comprenait pas qu'elle reste chez elle à ne rien faire, incapable de veiller à la bonne marche de la maison ou à l'éducation de ses enfants alors que, les jours de ses rendez-vous, elle était levée de bonne heure, fraîche et prête à partir. Il s'absentait de plus en plus souvent.

Camille était devenue encore plus mélancolique : elle se sentait responsable du malheur des siens et de

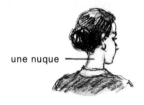

une nuque

---

faire machine arrière, aller en arrière

l'atmosphère lourde qui pesait sur sa maison. Les enfants étaient devenus nerveux, ils pleuraient pour un rien, travaillaient mal. Maria, à intervalles réguliers, parlait de retourner dans le Midi. François rentrait de plus en plus tard, souvent il buvait trop.

Il n'y avait que ses sorties avec Alain qui lui convenaient, mais l'effet durait peu.

Un jour, François a annoncé qu'il était invité dans une université américaine. Il devait y donner des cours de philologie pendant un an au moins, peut-être deux.

– Dès que tu te sentiras mieux, tu viendras me rejoindre avec les enfants.

Camille a mal reçu le coup. Elle s'est prise pour le diable en personne qui détruit tout.

En rentrant de l'aéroport, elle s'est enfermée dans sa chambre et n'en est plus sortie. Elle ne voyait plus l'architecte.

Maria s'occupait des enfants, qui riaient en rentrant de l'école et faisaient tout ce qu'ils voulaient dans la maison.

Le médicament ne faisait plus son effet depuis longtemps et la mort ne la quittait plus. Elle tremblait, avait des vertiges effrayants. Elle ne voulait plus se nourrir.

Les lettres de François arrivaient régulièrement, elle ne les lisait plus et c'est Maria maintenant qui donnait des nouvelles des enfants.

Un jour la porte de sa chambre s'est ouverte lentement. Elle n'a même pas tourné la tête pour voir qui entrait, pourtant elle savait que ce n'était pas Maria. C'était Alain.

Il s'est assis sur le lit et a longuement regardé

Camille. Elle avait les cheveux sales, ses vêtements qu'elle ne quittait jamais étaient *froissés*.

– Tu as peur?

Elle n'a pas répondu.

– Tu ne veux pas me parler?

Elle a fait non de la tête. Elle pensait : «Il finira bien par partir avec sa santé et sa bonté.»

Il se met à parler de Sauveur, des autres, des maisons qu'il construit. Ecoute-t-elle? N'écoute-t-elle pas?

– Au revoir Camille, si tu as besoin de moi, n'hésite pas à me faire prévenir. Tu sais où tu peux me joindre.

Il se penche pour embrasser son front, mais elle, d'un geste violent, lui donne un coup de *coude* sur la figure.

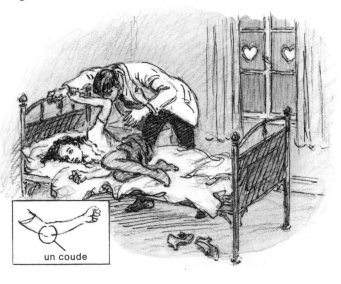

un coude

---

froissé, couvert de faux plis

Elle reste seule avec sa *culpabilité,* sa responsabilité, la mort.

C'est Maria qui appelle au secours : elle téléphone à Alain :

– Allô Monsieur, ici c'est la bonne de Mme Dubreuil. Madame ne va pas du tout. Je me suis permis de vous téléphoner parce que vous m'avez dit de le faire si on en avait besoin quand vous êtes venu l'autre jour.

– Vous avez bien fait, Maria. J'arrive tout de suite.

Il vient dans l'après-midi avec un autre homme. Ils entrent tous les deux dans la chambre de Camille. Elle est roulée en boule dans un coin de son lit et elle *se balance* d'avant en arrière.

– Camille, je suis venu te voir avec un ami qui est médecin. Veux-tu te laisser examiner?

Elle cesse de se balancer. Le médecin dit à Alain :

– Laissez-moi seul avec elle.

En bas, Alain attend longtemps, plus d'une heure. Maria lui fait du café, elle pleure.

Le médecin descend :

– Si elle veut se soigner, elle sera guérie dans deux mois au plus tard.

– Mais qu'est-ce qu'elle a?

– Elle a une chose courante : elle a fait un choc après son premier accouchement. Comme elle n'a pas été soignée, son état n'a fait que *s'aggraver* au cours des autres grossesses.

---

la culpabilité, état d'une personne coupable
se balancer, faire des mouvements d'un côté à l'autre
s'aggraver, devenir plus grave

– On en guérit? demande Maria.

– Très bien. Mais il faut se soigner. Ce ne sera pas facile avec Mme Dubreuil, elle est agressive. J'ai eu du mal à la faire parler. Vous m'avez dit que son mari était à l'étranger?

– Oui.

– Elle n'a aucune famille qui pourrait la convaincre?

Maria pleure :

– Personne, elle ne m'écoute pas.

Alain sourit :

– Je vais m'en occuper.

Questions

1. Quelle est votre impression des rapports de Camille avec son père?

2. Pourquoi Camille refuse-t-elle de se promener dans le bois?

3. Pourquoi Camille monte-t-elle dans l'auto du monsieur inconnu?

4. Qu'est-ce qui change les idées de Camille?

5. Qui est Sauveur?

6. Comment Camille est-elle reçue par Dorothée?

7. Comment Camille se sent-elle au milieu des artistes?

8. Qui est Alain?

9. Quelle est la cause des problèmes de Camille, d'après elle-même?

10. Comment est l'atmosphère chez les Dubreuil?

11. Quelle est la réaction de Camille au départ de François?

12. Comment Camille reçoit-elle Alain la première fois chez elle?

13. Qui va au secours de Camille?

14. Qu'est-ce qu'elle a?

IV

un rocher

Camille est installée à plat ventre sur le sable, la tête à l'ombre d'un *rocher,* eller montre des bouts de *coquillage,* de petits morceaux de verre à Alain.

– Comme j'ai changé!

– Tu as passé un sale moment.

– C'est vrai, je ne le regrette pas, mais j'aime mieux être à aujourd'hui . . . quel cauchemar!

Elle s'est rapprochée de lui et Alain caresse la *hanche* de Camille, gentiment, comme pour la rassurer.

une hanche

un coquillage

Ils n'ont pas besoin de parler, ils savent qu'ils pensent exactement à la même chose : la *guérison* de Camille.

Elle dit tout haut :

– Ce n'est pas une guérison, c'est une naissance : j'ai trois mois.

Alain la rapproche de lui. Il s'est donné beaucoup de mal pour elle, alors, maintenant, il *tient* très fort *à* elle. Camille sait qu'elle n'a guéri que grâce à Alain.

Ils courent vers l'eau en riant, ils se laissent tomber dans la mer qui les rafraîchit.

Camille, une fois rétablie, était partie chez elle, dans le Midi. Le médecin avait conseillé le grand air, le sommeil. Les enfants avaient justement terminé l'école, rien ne retenait plus les Dubreuil à Paris.

Alain lui écrivait. Il y avait entre eux de la tendresse et de la confiance.

Au mois de juillet, Alain a demandé à Camille de passer un mois de vacances avec lui, où elle voudrait. Heureuse, elle a organisé son départ. Elle a expliqué à sa mère qu'elle allait passer un mois en Espagne avec «des amis». Mme Chaumont était prête à tout accepter et à ne pas poser de questions, car Maria lui avait *tracé* un tableau *terrifiant* de la maladie de Camille. Bernard, Cécile et Isabelle avaient retrouvé des cousins et des amis, ils passaient leurs journées dans la garrigue à construire des cabanes, ils allaient chaque

---

la guérison, le fait de guérir; rétablissement
tenir à, avoir de la tendresse pour
tracer, dessiner
terrifiant, effrayant; terrible

jour se baigner avec leur oncle Jean, ils étaient heureux, leur mère pouvait partir.

Elle a retrouvé Alain en gare de Marseille. Elle avait bonne mine, il était heureux. Après quelques jours de voyage, ils ont fini par trouver un bungalow du côté de Malaga.

– Camille, je ne t'ai pas attirée dans un *piège.* Tu sais comment les choses se sont passées : impossible de trouver deux chambres dans un hôtel comme nous l'avons fait jusqu'ici. Je veux que tu sois heureuse, je ne veux pas te *contraindre* à quoi que ce soit. Je t'aime, tu le sais.

– J'aime être avec toi, mais je n'ai pas résolu mes problèmes avec François. Je n'imagine pas mon avenir sans lui, mes enfants sans lui.

– Je ne te demande pas de quitter ton mari.

– Je ne l'ai jamais trompé.

– Il ne vit plus avec toi depuis longtemps. Combien de temps maintenant?

– Cela va faire un an, le mois prochain.

– Il est loin d'ici . . . Je ne sais que te dire.

– Je ne suis plus comme avant. Cette décision à prendre ne m'effraie pas. J'ai l'impression de pouvoir agir sur mon propre *destin,* mais je dois penser à mes enfants.

– Qui te parle de tes enfants?

– Moi-même! Crois-tu que ma maladie leur ait fait

---

un piège, danger caché où on risque de tomber
contraindre, forcer; obliger
un destin, existence; vie

du bien? . . . Je ne veux pas, maintenant, leur *imposer* une mère *volage* et un faux père!

– Disons que l'un préviendra l'autre quand il sentira que les choses vont trop loin. C'est surtout ton problème. Moi, je t'aime . . .

Camille était assise au pied du lit et Alain se tenait debout devant la fenêtre. Elle s'est levée, s'est approchée d'Alain, qui a passé son bras autour de ses épaules, elle s'est serrée contre lui et ils ont regardé ensemble le coucher du soleil.

Depuis sa maladie, les réactions de Camille étaient très différentes de ce qu'elles avaient été avant. Elle avait l'impression d'être descendue dans un *gouffre*, au fond duquel elle avait vu des choses importantes. Elle était contente d'y être allée, elle se sentait *initiée,* mais elle ne souhaitait pas y retourner. Elle savait que le fait d'en être sortie une fois ne signifiait pas qu'elle n'y retournerait plus jamais et que, y retombant, elle saurait de nouveau en sortir. C'est pourquoi elle était devenue plus égoïste, plus personnelle, elle décidait de ses actes, elle ne se laissait plus faire.

Là, contre Alain, qui l'aimait et dont elle avait envie, elle faisait ses comptes : les rapports entre François trompé et Camille trompée seraient plus égaux qu'entre François volage et Camille fidèle. Le dialogue serait plus facile à établir. C'était la nuit, on entendait la mer, Alain était beau, au diable le reste!

---

imposer qc à qn, l'obliger à l'accepter
volage, léger; inconstant
un gouffre, trou profond et large
initié, dans le secret d'une connaissance

Les jours passaient et Camille apprenait son corps. Alain avait doucement chassé d'elle la *pudeur* et la peur.

– Il y a six mois, je vivais avec la mort et aujourd'hui je vis avec la vie. La vie la plus simple : faire l'amour, manger, boire, dormir et nager.

– Qu'est-ce que tu préfères?

– Ce serait idiot de dire que je ne préfère pas aujourd'hui et pourtant . . . C'est plus compliqué. Tu comprends, s'il n'y avait pas ma dépression, je ne profiterais pas tant de ma santé retrouvée. Et puis, je connais la mort . . . Tout se mélange. Les gens ne s'en rendent pas compte. Moi, oui, je me sens plus forte que les autres.

– Camille!

– Oui.

– Je veux que tu sois ma femme.

– Alors tu voudrais que j'aie deux maris!

– Ne te moque pas.

– Mais je ne t'aime pas, mon Alain, et puis je ne veux pas divorcer. Pas avant d'avoir vécu avec François.

– Il y a des années que vous êtes mariés.

– Nous ne nous connaissons pas. Maintenant j'ai changé.

– Tu n'as pas beaucoup de *prévenances* pour moi.

– Si je recommence à *mentir* et à jouer la comédie, je redeviens folle. Si je te fais croire à des choses qui

---

la pudeur, sentiment de gêne qu'une personne éprouve pour faire certaines choses
une prévenance, attention
mentir, ne pas dire la vérité

69

n'existent pas, simplement pour te remercier d'être gentil avec moi, c'est *foutu* entre nous. C'est comme ça que ça c'est passé avec François. J'ai tellement évité la vérité qu'un jour je l'ai perdue complètement et il ne restait plus le *moindre* moyen de communiquer.

– S'il revient, tu feras l'amour avec lui?

– Bien sûr! Ça, ce sont mes affaires, ça ne te regarde pas!

Ils sont partis pour Madrid. Alain l'a traînée au Prado : elle détestait les musées, mais elle est restée deux jours dans les salles consacrées à Goya. Cet homme connaissait la peur, l'horreur et aussi la tendresse, la danse, le désir. Il savait exprimer tout cela. L'envie prenait Camille de faire quelque chose, de communiquer.

Alain est venu la chercher. Ils se sont arrêtés dans un café.

– Il faut que tu me trouves du travail.

– Justement, j'y pensais. Nous avons un bureau d'études et nous cherchons souvent un *rédacteur* ou une *rédactrice*.

– Tu crois que je serais capable de faire ça.

– Bien sûr.

– Pourquoi penses-tu que je veuille travailler?

– Pour te *distraire*.

– Me distraire de quoi?

---

foutu, fini
le moindre, le plus petit
un rédacteur, une rédactrice, une personne qui rédige, écrit des textes
se distraire, passer le temps agréablement; se détourner de qc

70

– Pour te changer les idées.

– C'est parce que je ne veux pas arriver devant la mort avec les bras vides et aussi, peut-être, parce que j'ai envie de faire profiter les autres de mon expérience.

– Tu es fatiguée, tu es restée trop longtemps dans ce musée.

– Je vais très bien, je me sens forte, je suis heureuse et je ne veux plus qu'on me regarde comme quelqu'un d'anormal. Je trouve même que je suis plus normale que les trois quarts des gens que je rencontre.

– Ah bon!

De retour à Paris, Camille a organisé sa vie. Elle a changé d'appartement : elle est venue vivre à Boulogne dans un immeuble neuf. Les enfants ont vite retrouvé des amis dans leurs nouvelles écoles.

Camille a accepté le travail offert par Alain : elle était chargée de rédiger de petits *textes publicitaires*. Elle voyait beaucoup de personnes, elle était gaie.

Les enfants couchés et endormis, la nuit lui appartenait. Elle sortait avec Alain et avec d'autres garçons. Elle aimait plaire. Elle voyait son médecin de temps en temps.

Elle prenait l'habitude de ne plus mêler son corps et sa pensée. Elle évitait de laisser la fatigue et le sommeil occuper son esprit. Elle se comparait sans cesse à une voiture : il y a le moteur et la *carrosserie* et puis il y a la vitesse. C'est la vitesse qui est importante, à quoi sert la voiture si elle ne va pas vite? C'est comme le corps, à quoi sert-il, s'il ne conduit pas à la mort? La mort est nécessaire et importante.

Alain écoutait ses discours.

– Je me demande comment tu peux vivre en ne pensant qu'à ça toute la journée.

– Quand je pense à «ça», comme tu dis, je ne pense pas à mon enterrement, aux gens qui pleurent. Je pense à l'accomplissement de tout. Ma mort est la seule chose dont je sois certaine, la seule qui ne soit pas absurde.

– Vivre pour mourir, je trouve ça absurde et je n'aime pas y penser.

– Avant, je séparais les deux choses et c'était insoutenable. J'en ai perdu l'esprit. Maintenant je les accepte ensemble et ça me satisfait.

---

un texte publicitaire, texte fait pour influencer le public dans un sens précis
une carrosserie, caisse d'une voiture

– Et ton travail, ça marche?

– Ça marche très bien. Je commence à me sentir prête.

– Prête à quoi?

– A revoir François, à l'accueillir.

– Tu ne changes pas de disque.

– Je n'ai pas de raison d'en changer. Après tout, François n'a jamais vécu avec moi, il ne m'a jamais connue et, pourtant, c'est le père de mes enfants. J'attends sa surprise. Il ne se doute pas de ce que je suis devenue. Par lettre, ce n'est pas facile . . . Il n'y comprend rien.

– Tu crois qu'il va rentrer?

– Oui, je crois, à la fin de l'année scolaire.

– Pendant les vacances quoi! Et moi?

– Quoi, et toi?

– Oui, je sais, j'irai en Grèce.

– Je ne t'ai jamais menti, Alain.

– Non, c'est vrai.

Questions

1. Où sont Camille et Alain?

2. Comment va Camille?

3. Quelle impression Camille a-t-elle de sa maladie?

4. Quels sont les rapports entre Camille et Alain?

5. Pourquoi Camille veut-elle travailler?

6. De retour à Paris, comment Camille organise-t-elle sa vie?

V

– L'avion de New York est-il bien à l'heure, Mademoi-selle, s'il vous plaît?

– Pas de retard prévu, Madame.

– Merci.

L'avion arrive à 0 h 5. Une demi-heure à attendre, juste ce qu'il lui faut pour se préparer à recevoir François.

Elle vit seule depuis des mois, depuis longtemps, elle s'est habituée à elle-même. Elle est nouvelle et elle va retrouver François avec un autre cœur et un autre corps. «Il va trouver une nouvelle femme pleine de santé et de goût de vivre. Il me découvrira et agira dif-féremment puisque je ne suis plus la même.»

Oui, c'est bien cela qu'elle attend en ce moment : une nouvelle vie.

– Arrivée *en provenance de* New York, vol Air France numéro . . .

Le cœur se met à battre, les mains sont *moites*. Il y a maintenant beaucoup d'autres personnes qui at-tendent avec elle. Une femme arrive avec deux enfants, ce sont des Américains. Voilà tout un paquet de gens maintenant. Et François? Il est là : il va bien, elle le trouve beaucoup plus beau qu'avant. Elle est intimidée.

Il est là près d'elle, il l'embrasse sur le front.

– Tu es fatigué?

– Non, pas le moins du monde. Il y a encore les

---

en provenance de, venant de
moite, légèrement humide

bagages à prendre... Et les enfants?

– Ils vont bien, ils dorment.

Ces phrases idiotes! Où est le chemin du rire? Où
est le rêve qui les faisait courir l'un vers l'autre? Est-ce
ce costume qu'elle ne connaît pas qui le rend étranger
ou bien ces cheveux gris ou quoi? Elle ne s'attendait
pas à le trouver beau.

– Tu as changé. Je te trouve mieux qu'avant.

– Pourtant, si tu savais ce qu'ont été les derniers
jours avant mon départ! je n'ai pas dormi depuis une
semaine.

– Mon pauvre François! Eh bien tu vas te reposer,
Paris est vide. Nous pouvons descendre dans le Midi si
tu le veux.

Il ne répond pas. Camille ne sait plus que dire.

Dans son imagination, ils se regarderaient et trou-
veraient dans leurs yeux la beauté, la joie, la jeunesse
et l'amour. Ils s'aimeraient dans la foule aussi bien que
dans leur lit, avec leurs regards et le bout de leurs
doigts.

Au lieu de cela, François parle d'un passé qu'elle ne
connaît pas, où il n'y a pas de place pour elle et dont
elle se moque parce qu'elle n'a rien à y faire.

– Toi, tu n'as pas changé.

– Tu trouves! Pourtant, tout le monde dit que...

Dit que quoi? Elle ne sait plus. Et sa maladie, et
Alain, et les autres, et son travail, et sa mort acceptée,
cela ne se voit pas? Elle s'entend dire :

– J'ai été très malade.

Elle qui voulait parler du soleil, de son activité, de
son corps retrouvé! Rien ne se passe comme elle l'avait
prévu.

– C'est fini maintenant. Un peu de fatigue nerveuse. Quand je suis parti, tu *n'étais pas à toucher avec des pincettes.* Je vais prendre mes bagages et je reviens te trouver ici. Tu as l'auto?

– Oui, bien sûr, c'est une auto neuve.

– Eh bien, tu ne te refuses rien!

Il s'éloigne, il a dit ça gentiment, comme on parle à un enfant qui fait des caprices.

Camille s'assied, elle regarde ses chaussures, elle en pleurerait : il n'a rien vu.

Lorsqu'ils se retrouvent tous les deux enfermés, seuls, dans la voiture, il y a des silences gênants.

– Tu n'as pas vu comme je suis bien *bronzée?*

– Je n'ai pas fait attention. Pourquoi? Tu es allée chez toi?

– Oui, deux semaines et puis, à Paris, je vais à la piscine tous les jours avec les enfants, il n'y a rien d'autre à faire au mois d'août.

– Je croyais que tu avais du travail.

– Je suis en vacances.

Il lui prend la nuque et la caresse un peu.

– Toujours la même, ma belle Camille.

Elle n'a jamais pu le saisir. Il venait vers elle quand il avait envie d'elle, le reste du temps elle ne savait pas où il était, ce qu'il faisait. Elle attendait qu'il l'appelle, ne bougeait pas. Quel temps elle a perdu! C'est pour-

une pincette

---

n'être pas à toucher avec des pincettes, être de très mauvaise humeur; être insupportable
bronzer, devenir brun

tant si simple d'aller *au-devant des* autres, de faire le premier pas. Ainsi, en ce moment, si elle ne conduisait pas, eh bien elle poserait sa main sur la *cuisse* de François, et il comprendrait qu'elle l'appelle, qu'elle pense à lui.

– A quoi penses-tu, Camille?

– A rien ... enfin, je pensais à des choses, à nous.

– Tu pensais que tu regrettes que nous nous soyons mariés.

– Oh non! au contraire. Tu verras, j'ai changé.

– On ne change pas.

une cuisse

---

au-devant de, à la rencontre de

– Enfin, disons que tu ne m'as pas connue, que la femme que j'étais n'était pas moi. Je suis heureuse de te revoir. C'est important que nous soyons ensemble de nouveau.

– Plus je vais et plus je trouve que rien n'a d'importance.

Avant, ce genre de phrase plongeait Camille dans l'égarement. Ce soir, au contraire, cela lui plaît, elle se promet de longues discussions.

– Tu es fatigué?

– Un peu.

De nouveau la main de François sur sa nuque. Elle sent, à l'intérieur d'elle-même, l'harmonie possible entre François et elle et les larmes lui montent aux yeux. Elle pense à la difficulté de changer de peau. Elle vit avec les rêves de son adolescence, elle est plus attachée à eux qu'à la réalité. Pourquoi n'entrerait-elle pas dans la vie de son mari au lieu de rester dans les collines du Midi? Elle se rend, soudain, compte que le monde de François est plus jeune, plus vrai que le sien. Elle se prépare avec joie d'y entrer.

Quand ils arrivent à la maison, Camille est fatiguée, il est deux heures du matin. François s'assied au bord d'un fauteuil.

– Tu es mieux ici que chez nous?

– Oui, c'est plus pratique et puis, tu verras, on a une jolie vue. Tu veux quelque chose à boire?

– Je veux bien un verre d'eau et puis je vais aller me coucher.

Camille est trop fatiguée pour parler, pour agir comme elle le voudrait. Pourvu qu'il s'endorme tout de suite!

Ils se couchent et, sans demander à Camille si cela lui plaît, François éteint la lumière. Il s'approche de sa femme, caresse sa hanche et dit :

– Bonjour.

Camille fait comme si elle riait un peu. La revoilà tout de suite dans le piège. Elle pense que c'est le mensonge qui l'y met, le manque de confiance. Elle a envie de sortir un bras et de rallumer la lampe.

Cet après-midi, elle attendait François dans la fièvre. Elle voulait avoir François contre elle et maintenant qu'il y est, elle ne retrouve plus l'*élan*, pourquoi?

Son corps devient *inerte,* elle se laisse faire.

– Je te retrouve toute, tu n'as pas changé.

– Tu te trompes, je ne suis plus la même.

– On ne change pas.

– Tu l'as déjà dit, je ne te crois pas. Alors pourquoi es-tu revenu? Tu fuyais la femme que j'étais. Pourquoi viens-tu la retrouver?

– J'ai du travail à faire ici. Et puis les enfants et toi cela compte dans ma vie. Je ne suis jamais parvenu à vous chasser de mon esprit. Je viens voir si mon *affection* est réelle.

Ce n'était pas ces mots-là qu'elle voulait entendre. Elle voulait qu'il dise qu'il attendait la fin du changement.

La main de François monte et descend le long du corps de Camille.

– Tu ne veux pas faire l'amour?

---

un élan, brusque mouvement intérieur; enthousiasme
inerte, immobile; sans réaction
une affection, tendresse; amour

– Mais si, pourquoi demandes-tu cela?

– Parce que tu n'as pas l'air très enthousiaste.

– Penses-tu! Je suis un peu gênée parce que j'ai perdu l'habitude de toi, c'est tout.

Pourquoi ne parle-t-elle pas?

Elle se tourne vers lui. Mentir! Mieux vaut mentir que de se refuser à lui comme avant et recommencer la vie d'étrangers qu'ils menaient. Demain ils parleront.

Le lendemain matin, Camille est fatiguée : elle a à peine dormi. Les enfants se sont réveillés de bonne heure.

– Votre père dort. Oui, il va bien. Non, je ne sais pas s'il vous a rapporté des cadeaux.

François se lève vers 11 heures. Il est installé dans le salon. Les enfants le servent, l'embrassent. Tout lui appartient ici : la femme, les enfants, les meubles. Le temps sans lui ne compte pas.

Camille prépare un bon déjeuner, puis elle le sert. Elle n'avait plus Maria parce qu'elle ne voulait avoir aucun témoin du passé. Elle souhaitait commencer une existence toute neuve avec son mari.

Elle envoie les enfants à la piscine. Elle va, enfin, pouvoir se reposer. Elle a envie de retrouver son lit vide d'homme, de dormir et de se réveiller toute fraîche et capable de se montrer à François telle qu'elle est devenue. François la suit dans la chambre. Il parle des Etats-Unis, de sa vie là-bas. Camille essaye de parler d'elle-même, de son expérience, mais elle y parvient mal. Il faut cependant que Camille s'explique, qu'elle ouvre sa tête, son cœur. Elle se sent impuissante.

– François, je t'aime.

Il lève la tête, il la regarde d'une manière étrange et triste.

– Tu crois que tu m'aimes, mais qu'en sais-tu?

– Je le sais, je suis amoureuse de toi.

– Eh bien! c'est une bonne nouvelle, il y a cinq ou six ans j'en aurais été fou de joie.

– Et pourquoi pas aujourd'hui?

– D'abord parce que je ne te crois pas et ensuite parce que cela n'a aucune importance. Tu veux vivre avec moi comme tu vivais dans ta province où tu étais la reine, où tu étais le centre d'intérêt de toute la maison.

– Non, non, je veux te servir, je veux t'obéir.

– C'est une idée que tu te fais. Que sais-tu de la vie?

Il faut qu'il se rende compte qu'elle n'est pas ce qu'il croit.

– J'ai vécu avec un autre homme, j'en ai connu d'autres.

– Et alors?

– Alors, je ne les ai pas aimés, je n'ai jamais eu envie de vivre pour eux.

– C'est qu'ils étaient tes *esclaves* au départ. C'est pour cette raison que tes enfants ne t'intéressent pas. Tandis que moi, je ne veux pas me laisser dominer par toi et tes comédies.

– Quelle triste image tu as de moi. Je ne me reconnais pas. Ce n'est pas pour les raisons que tu dis que je t'ai trompé.

– Et alors pourquoi?

– Pour *être sur un pied d'égalité avec* toi et aussi parce

---

un esclave, personne qui se soumet aux volontés de qn
être sur un pied d'égalité avec, ne pas être différent de

que j'en avais envie et que je pensais pouvoir te rem-
placer.

– Mais bon Dieu, profite de ce qui se passe. Puisque
tu veux m'aimer, aime-moi tranquillement. Ne fais pas
de drames.

Si Camille le pouvait, elle le secouerait pour qu'il
sorte de son calme, pour qu'il lui dise une tendresse.

– François, la vérité c'est que tu ne m'aimes pas!

– Encore des grands mots. Je pense que je n'ai
jamais aimé personne, mais de toutes les femmes que
j'ai connues, c'est à toi que je tiens le plus.

Camille est déçue. Enfin, il a dit qu'il la préférait
aux autres.

– J'avais tellement peur que tu sois lié avec quelqu'un là-bas. J'avais peur de te perdre. Si vraiment
rien ne t'attire ailleurs, nous allons être heureux. Tu
verras ce que je suis capable de faire. Il faut que les
choses soient claires entre nous.

– ... Je ne comptais pas t'en parler aujourd'hui,
mais puisque tu veux que les choses soient claires, il
faut que je te dise une chose qui m'*embête*.

– Quoi?

– J'avais trop de travail et pas le temps de courir à
droite et à gauche. Alors j'ai vécu avec une fille très
gentille et ... elle est enceinte.

Camille a envie de vomir. Un enfant! Un enfant de
François! Mais, c'est elle qui les fait, personne d'autre!

– Et que comptes-tu faire?

– Rien. Je ne peux rien faire, elle veut le garder.
Ce n'est pas la jalousie qui fait souffrir Camille, c'est

---

embêter, ennuyer fortement

une *plaie* profonde, comme si on l'empêchait de voir ou de respirer.

– Tu l'aimes, cette fille?

– Non. Je la respecte, j'ai de la tendresse pour elle, mais je ne l'aime pas. C'est sans importance, cette histoire. D'ailleurs, plus je vais et plus je trouve que rien n'a d'importance. Tu ne trouves pas?

– Non, je ne trouve pas. Il y a des choses qui ont de l'importance.

– Par exemple?

– La vie, la mort.

– Pas plus que le reste. Ce qui compte le plus, c'est d'être soi-même.

Si Camille était elle-même maintenant, elle mettrait ses bras autour du cou de François et elle se laisserait *bercer* jusqu'à ce qu'elle oublie tout, jusqu'à ce qu'elle n'ait plus mal.

L'Américaine enceinte s'installe chez Camille, elle a touché à tout ce que François a rapporté. La maison en est pleine : les cadeaux des enfants, les livres, les vêtements.

François parle de l'éducation des enfants qui a été mal faite. Camille écoute, elle se sent responsable de tout. Si son mari a trouvé une autre femme, si ses

un berceau

---

une plaie, blessure; déchirement
bercer, balancer doucement comme dans un *berceau*

enfants sont mal élevés, c'est sa faute. Elle est égoïste, elle n'a pensé qu'à elle.

Les jours passent et l'Américaine devient de plus en plus présente. Camille *fouille* toutes les affaires de son mari, et ce qu'elle trouve la fait souffrir physiquement : elle a des *nausées,* des vertiges.

Elle sait beaucoup de choses maintenant sur l'Américaine : son nom, son adresse, sa taille, la couleur de ses yeux et de ses cheveux, son métier. Il y a une photo dans une grande enveloppe jaune que Camille sort et regarde longuement, quand elle n'a rien trouvé de satisfaisant. Elle ne pense pas que cette fille soit belle et cela la *torture.* Elle préférerait découvrir une Brigitte Bardot.

Pourquoi Camille ne veut-elle pas accepter que cette femme ait un visage sans intérêt ? Elle imagine que ses gestes sont beaux, que son corps est beau.

L'Américaine porte toujours un *voile* et elle se déplace avec *souplesse* dans la maison de Camille, elle a des mouvements de danseuse. Camille l'étudie et essaie de l'imiter. François dit :

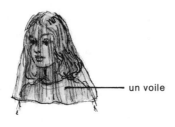

un voile

---

fouiller, bien examiner
une nausée, envie de vomir
torturer, faire beaucoup souffrir
la souplesse, flexibilité, élasticité

– Mais qu'est-ce que tu as à *te dandiner* comme ça et à te regarder dans la glace?

– Je ne me dandine pas, je ne me regarde pas dans la glace. Tu crois en voir une autre peut-être. Moi je suis Camille.

– Je ne comprends pas ce que tu veux dire.

– Ce n'est pourtant pas difficile à comprendre.

Il *hausse* les épaules et reprend sa *lecture* : il ne sait rien de ce qui se passe en Camille. L'histoire pour lui est exactement telle qu'il l'a expliquée. Il a vécu quelque temps avec une très gentille fille qui s'est trouvée enceinte et qui veut garder l'enfant en souvenir de leur

---

se dandiner, se balancer d'une façon ridicule
hausser, lever
une lecture, action de lire

aventure. C'est tout. Il croit qu'elle a oublié l'histoire.

Les lettres *excitent* beaucoup Camille. Elles sont douces, amoureuses. Jamais il n'y est question de la femme de François – comme si elle n'existait pas, comme si elle était morte – l'Américaine parle de son état, de son travail, de son amour. Pas une *plainte,* pas une tristesse. Pourtant, elle le dit, François ne lui écrit pas, ne répond pas à ses lettres.

La tête de Camille est pleine à *craquer* des phrases de l'Américaine. Parfois elle en laisse échapper une tout entière. François ne s'en rend pas compte.

Camille sent l'enfant qui bouge dans son ventre. Est-ce que ce sera une fille ou un garçon? Sans cesse, elle se pose cette question.

– Et si nous l'élevions?

– Qui?

– L'enfant que tu as fait là-bas.

– Je croyais que tu n'y pensais pas.

– J'y pense de temps en temps.

– Elle ne va pas garder un enfant neuf mois dans son ventre pour nous le donner à élever ensuite.

– Elle pourrait le voir quand elle voudrait.

– Elle habite à six mille kilomètres d'ici. Cette affaire ne te regarde pas, ne t'en occupe pas.

Sans savoir pourquoi, Camille se met à saigner du nez.

– Tu dois voir un médecin.

– Mon médecin est en vacances.

– Prends-en un autre.

---

exciter, agiter; passionner
une plainte, ici: mots exprimant l'insatisfaction, des reproches
craquer, éclater

L'autre médecin ne comprend rien. Il la prend pour une *simulatrice* et lui conseille de s'occuper plus.

Alain est revenu de Grèce. Camille l'a rencontré une fois. Elle lui a dit qu'elle ne voulait plus le revoir et qu'elle ne reprendrait plus jamais son travail.

Les enfants sont rentrés en classe. François a repris régulièrement son activité. Camille reste seule toute la journée avec l'Américaine.

La grossesse est longue, lente. Encore trois mois à attendre. Elle demande à François de reconnaître l'enfant, il dit non.

Camille se remet à saigner du nez. Elle grossit.

Elle parle beaucoup avec la femme enceinte. Elles bavardent toutes les deux jusqu'au retour des enfants. Camille n'aime pas interrompre une conversation passionnante, alors elle continue à voix basse. Elle *marmonne*. C'est venu tout doucement, maintenant elle marmonne sans arrêt.

Un jour, François dit :

– A qui parles-tu?

– Moi? mais à personne. A moi-même peut-être.

– On croirait que tu parles à un bébé.

– Alors, c'est que je deviens folle.

– Camille, qu'est-ce qui se passe? Tu as changé.

– J'ai changé?

– Dis-moi ce qui ne va pas.

– Mais, tout va très bien.

Elle est *flambée*! Tout le monde va découvrir qu'elle

---

un simulateur, une simulatrice, personne qui fait semblant d'être malade
marmonner, parler à voix basse, entre ses dents
flambé, perdu; fortu

a caché l'Américaine dans la maison. Elle ne peut plus la garder. Il faut qu'elle la chasse.

Camille explique à l'Américaine qui est François, elle lui parle gentiment. François est fort et intelligent. Il aimait le courage de l'Américaine quand elle voulait garder son enfant seule. François n'appartient à personne, il s'appartient à lui-même.

L'Américaine est désespérée. Elle s'en va avec sa tendresse et son gros ventre.

Camille pleure.

A compter de ce jour, sa vie n'a plus de valeur. C'est simple : si elle n'a pas su garder la femme enceinte à la maison, c'est qu'elle n'est bonne à rien.

Pendant plusieurs semaines, elle est restée *prostrée*. Une chose était claire : François ne voulait pas de l'amour qu'elle désirait lui donner. Elle s'imaginait que sans l'amour de son mari elle n'avait aucune raison de vivre. L'avenir de ses enfants ne l'intéressait pas.

François et les enfants se débrouillaient seuls. Elle était de nouveau malade, incapable de se mêler à la vie des autres.

Un dimanche de soleil, ils sont partis tous les quatre. Elle est sortie de sa chambre : pourquoi l'avaient-ils laissée seule. Dans le salon, il y avait une belle lumière, elle s'est approchée des fenêtres : c'était le printemps! Elle ne le savait pas, on ne l'avait pas prévenue.

Elle s'en sortira. Les autres y arrivent, pourquoi pas elle? Elle veut vivre, rire, profiter du soleil.

---

prostré, abattu; faible

La *solution* est venue soudainement. Pourquoi n'y avait-elle pas pensé plus tôt? Comme c'est facile!

Elle s'installe dans un fauteuil pour mieux profiter du moment et téléphone à Alain.

– Allô Alain! C'est Camille à l'appareil.

– ...

– Je veux te voir le plus vite possible.

– ...

– Non, je ne suis pas malade, mais il faut absolument que je te voie.

– ...

– Ce soir, demain, dès que ce sera possible.

– ...

– Oui, demain après-midi, chez toi, vers 3 heures.

Elle préférerait le voir tout de suite, elle est déçue, mais d'autre part, elle pense qu'elle va avoir le temps de se préparer. Il y a si longtemps qu'elle ne s'est pas occupée d'elle-même.

L'atelier d'Alain est dans une petite rue calme. Elle se presse tellement qu'elle *tord* ses *talons* entre les *pavés*. Elle sonne. Elle entend des pas et la porte s'ouvre. Alain est pâle, plus mince qu'avant. Il la regarde gentiment.

– Bonjour, Camille!

Elle *est* tellement *essoufflée* qu'elle ne trouve rien à dire tout de suite.

– Tu as couru?

– J'avais peur d'être en retard.

---

une solution, moyen
tordre, plier; déformer
être essoufflé, avoir perdu le souffle

un pavé ——— un talon

Il sourit et la fait entrer dans la grande pièce bien rangée.

– Que se passe-t-il?

– Je ne peux plus tenir, je ne veux plus vivre avec François, il me rend folle, il me traite mal.

– Tu fais un caprice. Rappelle-toi comme tu désirais son retour.

– Oui, je me rappelle, je me suis trompée. Je n'en peux plus. Aide-moi!

– Que puis-je faire pour t'aider?

Elle se lève, Alain est debout devant sa table à dessin. Pourquoi ne la prend-il pas dans ses bras? Pourquoi est-il triste?

– Je veux rester avec toi, je veux que tu m'aimes, je veux que tu t'occupes de moi. Je te servirai, je t'aimerai, je m'occuperai de toi. Nous retournerons en Espagne, nous irons à Florence. Nous serons heureux.

Il est gêné, il a les yeux baissés et il ne répond pas.

– Pourquoi ne dis-tu rien?

– Je m'attendais si peu à cette sortie.

Il appelle cela une sortie! Il se met à parler comme François! Elle est surprise parce qu'elle était sûre d'Alain et de son amour.

– Tu ne peux pas me laisser où je suis.

– Camille, assieds-toi et calme-toi. Ensuite je t'expliquerai.

Il est là devant elle. On sent que cette situation l'ennuie.

– J'ai d'abord été malheureux sans toi. Puis, je me suis rendu compte que je ne serais pas heureux avec toi ni toi heureuse avec moi.

– Pourquoi?

– Parce que tu es très exigeante et aussi parce que tu vis dans le mensonge. Tu n'admets pas que tu es égoïste et . . . exigeante, je ne trouve pas d'autres mots. Alors, pour satisfaire tes besoins, dont tu as honte, je ne sais pas pourquoi, tu *as recours* à des *procédés déplaisants.*

– Quels procédés?

---

avoir recours à, se servir de
un procédé, façon d'agir; comportement
déplaisant, désagréable; gênant

– La maladie, l'*irresponsabilité*, . . .

– Je ferai des efforts, je changerai, je te le promets.

– Je ne pense pas que tu y parviennes. D'autre part, j'ai rencontré une femme qui fait le même métier que moi et que j'admire beaucoup. Je ne suis pas amoureux d'elle comme j'étais amoureux de toi, mais je veux l'épouser.

En rentrant chez elle, elle a la tête pleine de vieux souvenirs, elle se revoit sur les chemins du Midi, donnant la main à son père, avec toute la vie devant elle.

Elle n'a pas peur de la mort, au contraire, c'est la seule chose qui existe, la seule chose logique et explicable. Les autres l'évitent, et leur comportement rend tout absurde. Camille ne peut plus vivre avec eux. Il faut qu'elle disparaisse.

Elle attend le samedi, puisque François rentre, ce jour-là, avant les enfants.

Elle se couche sur son lit et *avale* tout un flacon de *barbituriques*. Elle se lève et va dans le salon. Elle retourne dans sa chambre et elle se couche parce que son cœur commence à battre comme un fou.

– Qui est cette dame étendue sur un lit?

– Mais c'est Camille, c'est Mme Dubreuil.

– Mais alors elle est malade?

– Non, non, elle n'est pas malade, elle est punie.

– Punie! Mais qu'a-t-elle fait?

– Elle a menti.

– Menti! Mais, menti comment?

---

l'irresponsabilité, absence de responsabilité
avaler, faire descendre par la bouche; manger
un barbiturique, comprimé qu'on prend pour dormir

– Menti à elle-même depuis longtemps, depuis si longtemps qu'elle ne sait même plus qu'elle a menti. Elle prend la vraie Camille, celle qui rêve, pour une folle, elle veut se séparer d'elle.

– Mais pourquoi ne cesse-t-elle pas de mentir?

– Parce qu'elle ne peut plus. Elle croit qu'il n'y a que les autres qui mentent.

– Mais alors le soleil, la mer, le rire, les mains qui caressent?

– Elle abandonne tout, elle ne sait plus s'en servir.

– Comme c'est drôle, c'est ridicule.

Camille veut aller se faire vomir ou téléphoner, ou crier. Elle s'efforce, elle tourne la tête. Elle dort la bouche ouverte.

Quelques mois après l'enterrement de sa femme, François a épousé l'Américaine et ils ont vécu, *apparemment,* très heureux.

---

apparemment, sans doute

Questions

1. Qu'est-ce que Camille attend du retour de François?

2. Pourquoi est-elle déçue?

3. Pourquoi Camille n'a-t-elle pas gardé Maria?

4. François aime-t-il Camille?

5. Qu'est-ce que François raconte à Camille?

6. Quelle est la réaction de Camille à cette nouvelle?

7. Camille continue-t-elle à voir Alain?

8. Pourquoi Camille chasse-t-elle l'Américaine?

9. Pourquoi Camille veut-elle voir Alain?

10. Obtient-elle ce qu'elle veut?

11. Quelle est la faute de Camille?

12. Expliquez le titre «La souricière»!